KB242199

소란화사

소란화사

정소란 네 번째 시집

달의 시인 정소란의 꽃 이야기

생각나눔

일러두기

이 시집은 통영신문이 연재한 정소란 시인의 꽃 시를 묶은 것입니다.

정소란 시인은 지난 2020년 5월부터 2021년 8월까지 15개월간 통영신문「꽃이 있는 단상–초대시선」에 꽃에 대한 연작시를 발표하였습니다.

꽃에 대한 이해를 바탕으로 한 직관적인 이 초대시선은 연재되는 동안 독자들의 많은 사랑을 받았습니다. 신문의 특성상 한 주 읽고 버려지는 것이 아쉬워, 통영신문은 꽃향기 가득한 이 시집을 책으로 엮어 세상에 내놓기로 했습니다.

이 시집이 독자들의 서가에서 오래오래 향기로운 꽃내음을 뿜어내길 기대합니다.

통영신문 대표 김 갑 조

유년의 꽃들은 늘 가슴 한구석에서 저들을 데려가서 보라고 소
곤거립니다.
생각할수록 눈물이 날 것 같은 유년의 첫 꽃은 동백입니다.
겨울 채비를 하는 엄마, 아버지의 '가을 나무'하는 산에서
함께 잘려 곧 필 것 같은 봉오리와
이미 붉게 터진 동백꽃을 보고,
살려내라고 해소되지 않는 억지를 부리던 기억이 납니다.
그다음은 달이 따라오는 줄도 모르고
옆집 밭에서 꺾어온 돌복숭아꽃입니다.
꽃잎이 떨어져 마당까지 흔적을 남긴 그 꽃가지를
사이다병에 꽂아두고 행여 들킬세라 보던 그 두근거림.
믈래 보았던 그 꽃으로 지금은 집을 복숭아꽃 향기로 가득 채
웁니다.
온통 달큰한 향으로 봄을 보내는 도원 속 집 한 채가 되는 풍경
으로 만드는 것은 어쩌면 내 유년의 기억 때문이라 생각합니다.
다시 꽃 앞에 섰습니다.

수국은 낡은 색으로 모퉁이를 모퉁이답게 채색하고

유월 장미는 유월이 이미 흘러갔음을 알리듯 햇살 또렷한 벽에 기대어 있습니다.

흔적도 남기지 않던 동백은 어느새 단단하고 푸른 봉오리를 준비하고 있고요

대궁 끝까지 연가를 부르던 접시꽃은

까만 꽃씨를 잔뜩 품어 한껏 부풀어 있습니다.

지침 없이 피고 지던 낮달맞이꽃은 사실은 달과 조우하던

몇몇 밤을 저에게 들키곤 하였습니다.

섬으로 흘러가 버린 섬초롱꽃은 무수한 어린 초롱을 두고 지고 말았지만

다시 봄에는 푸른 등불을 일제히 켜는 기적을 보여줄 것입니다.

잠시 꽃담에 빠져 온 정신이 알싸하고 달콤하였습니다.

그리고 빠져나온 한동안은 바라볼 때마다 말을 걸어오기를 기다리던 그들의 시선을 피하였습니다. 어느새, 뭐라고 해줄 말을 찾는 나를 발견한다는 것은 분명 중독이 된 것. 다산의 화사집 저 발밑쯤에 슬그머니 두고 싶은 욕심을 내다가도 이내 좀 더 농익은 다음이라고 공부를 채찍질합니다. 여리고 맑은 꽃을 피우면서 굵어지고 강해지는 배롱나무의 밑동처럼 운치를 갖고 싶습니다. 그리고 거문고 소리 담을 넘고 은은한 달빛이 흐르는 꽃담에 더 깊이 중독될 것입니다.

2021년 9월 정 소 란

CONTENTS

란타나

흑

벌써 몇 덩이째 바람이 분다

그 바람처럼 던져준 당부

흘려듣진 않았구나

아껴둔 향을 저미며 뿜어내는 아침

순절殉節하는 너를 본다

까칠한 잎맥에 손을 댔다가 잠시 잃은 길

몽롱한 길에서 보게 된 언어는

달달하거나 혹은 알싸한 유혹

귀밑부터 침이 고이는 꽃색에 또 한 번 혼절하던 날

되새겨 볼 기억을 걱정하지 마라

시간이 지나면 변하게 되는 꽃잎에

새겨 넣을 테니

동환에 번져 나온 마비된 사랑을

잎은 까칠하며, 주황, 빨강, 노랑색 등의 꽃이 한 송이에 섞여서 피는, 나무 전체
에 독성이 있는 꽃이다. 여러 가지 색이 섞여 피어 칠변화七變化라고도 한다.

찔레꽃

아직 규중에 못 들인 발끝이라
첫 마음은 분홍으로 맺히고
유년의 기억은 산 뻐꾹 울리고
송홧가루 날리던 현기증

날개 접은 새 한 마리 누운 풀섶에
자리 내준 덩굴이 흔들린다
나는 그 작은 몸짓의 아버지 품에서
보리 이삭 터지는 냄새에 눈을 감고
날개가 고단한 한 마리 새처럼
가슴까지 덩굴진 찔레꽃 향에 어머니 부르는 소리
봄볕에 손끝 아리도록 분홍 꽃잎 따던
앉은걸음에 언덕을 넘어간다
혼자서 유폐되기 딱 좋은 산이었던
만발하던 찔레꽃 그 산에 가는 꿈

봄 넘기는 일이 몹시도 지루한 일상
유년이 인쇄된 동화책을 털어내어
일별한 햇살에 톡, 톡 말리고 싶다

찔레꽃

가을이면 깊은 숲속에서도 눈에 띄는 붉은 열매를 맺는데, 이 열매는 여성질환
에 도움을 주는 약재로 쓰인다. 어릴 때 가장 친숙하게 접한 찔레꽃은 소를 몰고
산으로 가는 길에서 맡던 향이 최고로 기억에 남는다. 달콤한 향과 숲의 풋내가
함께 진하게 나는 시골의 향이다. 연한 순을 따먹던 찔레꽃. 희고 연분홍의 꽃이
필 때면 고향의 모든 그리운 얼굴이 스친다.

꽃잔디

닳아서 윤이 나는 몽당뿌리
흙이 닿을 때마다 생기가 돈다
간신히 잡은 물기에 몸을 기대고
얕은 숨결에도 맺히는 멍울에
빨간 물결이 언덕을 오른다
아무도 말 걸지 않았던
시간이 함몰된 곳에
내려올 때 꽃물이 흥건하다는 걸
이제야 알아간다
나는 지금껏 너무 많은 것들을
훼손하고 살아왔구나
순한 정복을 하고 엎드린 너는
잎인지 뿌리인지 혹은
기어가다 으깬 무릎에 핀 꽃 언저리에서
붉은 문신으로 자발스레 웃고 있다
나에게도 기어오라 뿌리 한 촉 떼어주는
저 편리한 잠식蠶食

꽃잔디 🌸

흙이 허물어지지 않게 심어서 지면을 보호하며 주로 조경석 틈이나, 제방, 무덤, 정원, 언덕 등에 심기도 한다.

장 미

곧 길을 감출 것이다
감출 것은 길만이 아니라
이미 알려진 사실의 완벽한 집중

거대한 슬픔을 만들어서
실종된 줄 알았던 시간도 찾아와
빨갛게 울게 할 것이다

겹친 꽃잎 속에 사린 나선형의 약속
드러낸 실체가 서서히 피기 시작할 꽃은
수많은 배반을 반복하고도
다시 올 날을 기다리게 하는 낭만적 반어

그런 이법理法으로
앞선 나에게 투정은 화장수로
황급히 돌아본 얼굴을 자꾸만 적신다

흔연한 중독자로 갇힌 나에게
꽃잎 여는 순간에 뛰어든 정인이
우는 만큼 꽃이 되는 것을

장 미

아름답고 낭만적인 사랑의 상징이기도 한 장미는 기만과 위험을 나타내기도 한
다. 전설에 의하면 빨간 장미는 이브(Eve)가 에덴동산에 피어있는 흰 장미에 입
을 맞추었을 때 생겨났다고
한다. 꽃 중의 꽃이라는 생각이 들 정도로 종류가 셀 수 없이 많고, 사계절 끊임
없이 생산되어 사랑받는 꽃이다.

동 백

차마 들어서진 못하지
문 밖 귀퉁이 바람도 모르는 곳에
동그랗게 오므린 너는 꽃이라기보다
꿈 뜬 등을 보이며 기어가는 남도의 햇살
찬바람을 옭아맨 철사의 뼈대
으전 열 시쯤 노란 털 빗고 나온
고양이에게 시를 읽힌 나처럼
풍류에 흔들리는 매화사梅花詞까지는 아니더라도
질긴 줄기에 봄물을 품고
둥치째 졸고 있는 벚나무 아래까지
놀다 가던 바람도 모르는
모퉁이 지키는 동백아,
서럽게 청청한 그날 동백아

여고 시절에 친구들이 서로 좋아하는 꽃을 묻는데, 나는 '동백'이라 하였다가 '할머니 같다'라는 말을 들은 뒤에는 주로 백합이나 안개꽃, 흑장미라 말하곤 하였다. 그렇지만 내 마음속 꽃은 늘 동백이 1순위였다. 그만큼 동백은 배신할 수 없는 나만의 묘한 인연을 가진 꽃이다. 동백꽃을 꺾어 꽂던 부뚜막의 풍경이 그리운 계절이다.

안스리움

마음 언저리에서 밀고 오던 바람과
난장하던 이들 가운데서 어지럽던 나에게
어깨를 눌러 앉히던 햇살이
열어 둔 꽃잎으로 우주의 방정한 속을 보여 준다

미혹하던 그것은 빨갛게 번져 있는
커다란 입술로 변해 있고
터트리지 못한 반쯤의 눈매가
꽃이라던.

꽃잎이 벌어지다 숱하게 방사한
모든 말들이 정원에 다시 뿌려지고
품고 있었던 벌 나비가
씨를 쪼아 나른다

부풀어 내민
마침내 한 촉 잎도 꽃이 되는 순간을
새 한 마리 데려다 보여주는 상상에
비집고 나오는 저 통통하고 변태한 잎
꽃보다 먼저 붉어졌다

안스리움 🌸

초록색의 넓은 잎과 빨간꽃 또는 분홍색처럼 생긴 헛꽃의 색이 대비되어 시원하
고 산뜻한 느낌을 주는 꽃이다. 이 헛꽃이 볼품없어 보이는 미색의 가운데 꽃을
돋보이게 한다.

수 국

보낸다고 흘러가는 노랫소리

지나가는 햇빛 길가에 잠시 머문 소리

낮은 바람 돌담으로 이는 소리가

어여삐 찾아드는 구중궁궐에

어디서 누가 찾아온다던

숨겨둔 약속을 찾아내거든

선연한 잎맥에 그려 넣은 언약을 읽어주오

수런거리는 이들 모여들거든

얼굴 모아 부르는 보통의 눈빛

개울물 건넌 처연한 전설을

발밑에 들리던 물소리로 등불 달아 주오

보일 듯 번지는 몸짓

꽃은 저들끼리 연주를 하니

안껴보아 주오

배 한 척 돌아가는 바다 기슭에

소리 내며 부딪히는 쪽물 내는 풍경을

온통 수국 천지다. 흔한 수국이지만 모습을 가만 들여다보면 너무나 사랑스럽고
고급스럽다. 어쩜 이런 모습으로 피어서 다 지고 난 계절에도 그대로 바슬거리는
향으로 남아 있는지. 말하지 않아도 수국의 매력은 다양할 것이다. 토양에 따라
다른 꽃 색을 내는 탓인지 '냉정', '무정', '변심' 등 차가운 꽃말을 가지고 있다.

접시꽃

빨갛고 하얗던 중간의 꽃색도
장맛비 속 거미줄 같은 잎살도
여리고 성기다

눈꼬리에 고인 바람을 흘려보내다가
그만 놓쳐버린 등가 법칙
배열이 일정한 꽃은 소스라치게 떤다

포용이 약한 꽃은
어눌하게 스친 바람조차 잡지 못하지만
곁눈에도 또렷한 사의화写意花
알아차린 맵시가 완곡하다

잊고만 싶은 신파의 유행어에
누가 흐느끼고 갔을까
울음은 높은 데서 흘러나와서

대궁은 모질어져야 한다
질긴 뿌리는 밟아주어야 한다

벌인 꽃부리 노랗게 여물어 가고
서럽고 아팠던 시간을 보여주는
새소리 잦아드는 초저녁 뒷마당
온유한 석별에 꽃잎은 연연하다

접시꽃 🌸

시골집의 손님맞이 꽃. 이 표현을 참 좋아하는 꽃으로 역사가 오래된 정겨운 꽃이다. 나로 하여금 묘한 감상에 빠져들게 하는 접시꽃은 어디서 보던 그 느낌은 똑같다.

하늘말나리

울지 마라 아가야
곤두박는 하늘이 까매지는
어지럼증 도져온다

뱅뱅 물꼬 잡고 돌아가는 너를 보면
산 중턱 따라오는 날개가 샛노랗던
나비와 닮았구나

산문에서 시작되는 이끼 낀 돌계단에
너를 가만 데려 놓지 못하고
언제라도 볼 수 있는 나무 그늘에
앉혀 놓지 못했구나

외롭던 아가야 고운 나리야
하늘 닿은 곳까지 안고 오지 못하니
울지 말고 돌아가렴

감고 오는 덩굴에 발목이 얇아지고
도드라진 등뼈에 햇살이 따가우니
녹음이 아직 남아 산빛마저 주저앉는 거기서
노을 비친 꽃잎을 숨 막히게 열어주렴

그리움 영그느라 앙다문 봉오리 속
그 마음 까만 꽃씨로 고인 줄 알겠으니
아가야 울음을 그치렴

꺾은 목에 걸리던 불편한 말들
산허리 오던 중에 비로 뿌려 버렸으니
당당히 피었다가 돌연 지고도
울지 않는 아가야

산이 품어 피우는 하늘말나리

하늘말나리 🌸

첫 아이가 돌도 되지 않았을 때 업고 동네 어른과 함께 뒷산에서 처음 본 꽃이다.
첫인상이 얼마나 강렬하게 눈 안에 들어왔는지, 깊은 산 속에서 만난 주홍색 꽃
을 잊을 수가 없다. 귀엽고 앙증맞은 모습이 꼭 아이 같아서 이 꽃을 보면 아기를
보듯 미소를 짓는다.

낮달맞이

시간을 좀 주오 부탁 하오
산 아래 작은 그늘을 내어줄 테니
그 정情을 생각하여 물소리 나는 아침
함께 눈 뜰 수 있기를
이렇게 사정하오

나는 그대 등 뒤에 숨은 달
날마다 찾아 나선 새벽마다
지고 핀 줄 모르는 그대를 보고
옅어가듯 시를 쓰는 기다림이니
함께 멀어진 아침이 올 때까지
시간을 좀 주오

나는 꽃돌이 되어가니
순한 바람 불어오면
자박거린 별빛 몇은 품에 머물고
바닷소리 낯설던 수련향도 잠기는
그런 것도 비워낸 상흔이 깊은 나는
우주 속 명징한 정인이니
그대 꽃잎 여는 그 때를 알려 주오

낮달맞이 🌸

'말 없는 사랑'이 꽃말인 이 꽃은 모습과 닮았다. 특히 분홍 낮달맞이는 여리고 수줍은 아가씨 같다. 은은한 향이 있으며, 번식력도 강하고 노지 월동을 하다가 봄에 새롭게 피어나는 생명력이 강한 꽃이다.

섬초롱꽃

허리 굽힌 은근한 자태
그리움은 붉은 꽃에서 나오지 못하지
바람이 잦은 입김으로 흔들면
물 너머 섬까지 곱게 건너가겠지

아집이 흐트러진 항구는
떠나가는 배마다 울화鬱火를 실어 보내고
섬 귀퉁이 머문 파도에
여린 한숨은 파도에 구겨 넣고
날마다 회항하는 꿈을 널어놓겠지

풀섶 아래 시간은 빠르게 흘러가고
파도는 상서로운 두루미처럼
하얗게 항구로 들어오면
바람 안고 돌아가는 연초록 인연
물결 따라 너울대는 초롱 꽃섬 되겠지

섬초롱꽃 🌸

한국의 울릉도에서 자라기 시작하였다고 섬이라는 명칭이 붙었다. 그 후에는 여러 지역에서 자생하며, 생명력이 강하다. 아래로 내려다보며 치마 모양으로 자주와 흰색의 꽃이 핀다.

아메리칸 블루

견딜 수 없는 향수를 품게 만들
야행의 본성이 강한 전령사
흩뿌린 듯 잿빛구름 하늘일수록
꽃색은 돋아나기 시작합니다

목이 꺾인 기다림은 새파랗게
당신에게 보내는 징후로 남기고
유연한 꽃잎은 절정 빛
흡사 떨리며 번지는 멍

힘을 주고 서 있는 흔들리는 발목
도무지 읽히지 않던
발색의 비밀을 알아버리고
당신 올 만한 시간을 예감합니다

청마靑馬의 깃발 한 조각이 떨어진 것처럼
꽃잎 지는 순간에 마주한 바람에게
몇 가지 강렬한 이야기는 접어두고
공기 가라앉는 곳에 핀 새파란 그리움
색을 풀어 물들자 합니다

아메리칸 블루 🌸

블루의 절정이라고 표현하고 싶다. 늦봄부터 늦가을까지 이른 아침이면 이 꽃을
보기 위해 출근을 한다고 해도 과언이 아니다. 꽃색에 반해서 해마다 곁에 두고
보다가 내가 좋으니, 지인에게도 선물하기를 좋아하는 꽃이다. 줄기가 강하며, 잎
은 뽀송한 느낌이 들지만, 생명력이 아주 강하다.

상사화

눈물겨운 그이
눈동자가 허공을 흔드는 동안
시간은 꺼져버렸다
장맛비 속에서 전해 들은
그이가 기어이 멀어져 갔다는
마지막 소식

방년芳年의 꽃대 끝
슬픈 속살은 붉게도 미어져 나온다

견딜 수 없는 것에
말라가는 혀를 가진 그녀
등을 돌리고 몸 밖에서 피는 꽃잎처럼
아, 차마 보지 못하는 절명이어
깊숙한 꽃부리에서 눈을 감았다

빗물이 차고 넘치는 동그만 옹기
눈물로 씻어
다시 울며 보낸 시간을 담아
긴 호곡성号哭声에 봉인한 슬픔
구음口吟으로 문질러 보낸다

푸른 대궁째 나도 담아 보낼까

앙다문 겨울도 지나가고
분홍 속살 열어 매운 고별이 벅차다
검고 수척한 손에 전한
매오로시 꽃
슬픈 대궁이 물들어 간다, 잦아드는 호흡

상사화 🌸

꽃과 잎이 서로 만나지 못하여 이름 붙여진 꽃이다. 꽃이 핀 모양은 우산형이며, 약간의 보랏빛이 감도는 연한 분홍색으로, 약재로 쓰이는 알뿌리 식물이다. 꽃말은 '이루어질 수 없는 사랑'이다.

해바라기

규칙이 불편한 날에는 새벽달 보는 연습을 해
간혹 단단한 미로를 만들어
빠져나오는 몰입을 하는 사이에
잠식해 오던 공격을 맞이하는 연습과
씨앗 들어올 자리를 만드는 연습도 하지

신神이 온화한 미소를 짓고
사람들이 태양과 별을 숭배하던 시절
순한 사람들은
태양이 태어난 곳을 찾는 고행을 기억해 냈을 테지
그들 안에서 영웅들이 차례로 만들어지고
단정한 둥근 방들이 생겨나던 우주

목성이 두른 띠처럼 이마가 붉고
부러지지 않은 뼈가 없던 사람들은
영웅을 만들던 시퍼런 언월도偃月刀는 밤하늘에 숨겼지
샛노란 노을로 쫓아가는 꿈을 꾸는
부화를 기다리는 태양
둥근 배열 속 우주로 날다

해바라기 🌸

요즘은 금전운을 부르고 행복을 가져다주는 꽃이라 하여 즐겨 찾는 꽃이다. 연인 간에 서로를 기다리며 바라본다는 의미도 있어서 사랑받는 꽃이다.
향일화向日花, 조일화朝日花라고도 하며 양지바른 곳에서 잘 자란다. 꽃말은 '행복'이다.

유칼립투스

다행히 어린 코알라가 피한 후
바람이 세찬 날에는 신경이 곤두서고
우연한 수액이 울렁거렸지

황무지가 될 때까지 둘러선 경쟁자
땅이 부르짖는 소리가 꺼진 후에야
알맞은 바람이 불었을 때

뿌리 없는 흙으로부터 등을 미는 생명
잿더미에 남긴 씨앗을 품어주었고
천둥은 멈추고 번개는 번성을 기원한
치열하고 가혹한 번제였다

한 시절
지중해의 불길은 사그라지고
누군가 밝혀 줄 자연스런 작동 원리
그것은 톱니처럼 돌아가는 생태계로 남을 테지

코알라 입속에 남아있던 까맣게 터지는 씨앗
땅이 흔들어 만든 열이 양생을 시작하는 땅에서
잎마다 향유를 달고 선 나무
태양이 지나가는 가지를 만든 유칼립투스

유칼립투스 🌸

잎에서는 휘발성이 강하고 향이 나는 유칼리유를 채취하여 약으로 쓰기도 한다.
이 휘발성이 가뭄과 번개를 만났을 때 미국과 오스트레일리아 등에서는 화재를
일으키기도 하는데 생태계의 조절을 위한 것이라고 한다.

선인장꽃

더운 하늘에 가시 하나 날아갑니다
변종을 거듭하는 밤마다 피어대는 꽃들 사이
하얗게 흐르는 눈물.
환각의 성수로 생기 돌던 밤이 돌아오면
곧 뚜렷한 흔적을 남깁니다
단단해지는 잎이 넓어져 갑니다

나는 왜 그랬을까
외경된 암수를 훔쳐본 듯
씨앗이 꽃에게로 잠시 건너던 부정不貞에 외면하고
몇 날을 보고 있어도 몰랐던 속내가
촘촘한 비수에도 잎만 깨어 있던
연연한 의식임을
나는 왜 몰랐을까

영토를 준비한 씨앗만이
사방에 흩어질 날을 기다리고
꽃이 진통을 시작하던 미명의 시간이
오인한 꽃을 막습니다

비늘보다 작은 잎이 또 생겨나고

부푼 밑씨 빨갛게 커져갑니다

말할 수 없는 여름의 태양에게

온도를 맞춘 화사한 꽃이어

뜻도 모르던 가슴에 그늘이 집니다

선인장

꽃은 갖가지 빛깔이 있고 가시가 잎이다. 생식기관으로 꽃을 피우며 지구상에서
가장 많은 종을 가진 식물이라고 한다. 오래되면 큰 나무처럼 굵어진다.

만데빌라

분명히 그대는
밤의 마천루摩天楼에서
흑은 잿빛 무덤에서
해에게 몸을 던져 온 견우화牽牛花

얽어매었던 생각은 지고 말았고
끝없는 반란에 지친 사람들에게
긴 여정으로 왔으니

발동하는 꽃잎으로 세상에 뿌리는
화로수를 가져왔으니
깊은 잠에 빠진 이들과
잠시만 세뇌되어 주기를!

한 계절 무사히 보내놓고
만만하게 마주선 세상 앞에서
그대가 곧 발표할 꽃의 원론
사람들은 온통 호외号外의 아침을 맞을 것이오

만데빌라 🌸

꽃잎이 부드럽고 얇은 융의 느낌인 이 꽃은 '천사의 나팔 소리'라는 꽃말을 가지고 있다. 이른 아침에 인사하듯 피어있는 만데빌라는 보는 이로 하여금 기분 좋은 시작을 하게 하는 매력이 있다.

백 합

바위섬에 부딪히는 파도 같이
속살 하얗게 갈라지는 꽃이여
절명의 이른 아침을
모퉁이 돌아가는 언덕에서 보았습니다.

흰빛 사원 꽃잎이 암수를 발라내는
그것은 마치 바람도 비껴갈 삼차신경통을
사방을 물리고 고요히 앓고 있는 듯합니다.

어린 풀꽃도 엎드려 조상하는데
나는 가만히 있어도 될까요
바라보며 가슴 졸이던
그동안 누렸던 흠모를 돌려주고
이제부터 당신의 낙화를 돕겠습니다

스쳐도 고고했던 백화여
눈부시게 희던 생의 한 켠은
기억하기 참 좋았습니다
녹음 드리운 짙은 풀섶에
깊숙이 묻어 보낸 나의 송가는
다시 찾게 될 단서로 남았습니다

향이 매우 좋고 순백의 아름다운 꽃. 야생 백합꽃의 모습은 마치 긴 장마를 지나
면서 만난 한 줄기 햇살 같았다. 꽃이 질 때는 잎과 암술과 수술이 분리되는 듯
하다.

배롱나무꽃

개울 보이는 언덕에 펼친 화방석
곡진한 찻자리에 앉아 주오
벌 나비와 찻잔 드는 벗이
아직 도착 안 했으니
님이 먼저 앉다 가오

정한 대로 잎이 나던 봄을 지나며
비로소 속살 펴는 나뭇결도 보고
흰 바람 같은 상흔만 남은 등걸로
소양증 앓던 기억 잊고 있는
저 만당홍 아래
님이 그림처럼 앉아 주오

가만히 불러보는 사람아
혼란의 책 속에서 등불처럼 비추던
치밀한 꽃잎에 숨겨둔
피고 져도 한여름
꽃보다 먼저 멀어진 님아

호사한 꽃 타령에
자미화 꽃등이 흔들리면
그림자도 붉어져 여울에 흘러가니
눈 감고 그려보는 님아
꽃이 지기 전 기적처럼 찾아 주오

배롱나무꽃

자미수(자미화)라고도 하며, 목백일홍, 백일홍나무, 간지럼 나무, 만당홍 등의 별칭이 있다. 백일 이상을 붉게 피고 지는 배롱나무는 '부귀'를 상징하며, 수피와 나무속이 같은 하얀색으로 겉과 속이 같다 하여 '선비나무'라고도 한다.

맨드라미

네 관^冠은 높고 두툼하다
무사의 정령이 분명한 너는
어린아이가 아니구나

그 찬란한 볏이여
너에게 예를 갖추도록 일렀으니
어서 서언序言을 열어
성서로운 모습을 선포하여라

꽃시울 붉게
한여름 지나 가을이 끝날 때까지
진하게 피다 지는 몰락한 가문의
어린 화목란이여
모촉이 움켜쥔 갈라진 흙을 보니
더욱 아이가 아니다

흙바람이 일어도 곧게 선 볏(冠)
태양이 적신 이글대는 지문에
소리 없는 이슬도
깊은 뿌리까지 스몄으니

너는 결코 붉게 울어도
야만스럽지 않은 파열이니
누군가 너의 앞에 멈추어 서도
볏을 세우고 몸을 곧게 하여라

맨드라미 🌸

여름부터 늦가을까지 피며, 붉은색 외에 흰색과 노랑 등의 색이 있다. 강인함의 꽃말을 가지고 있으며, 꽃이 닭의 볏을 닮았다. 만든 것처럼 보인다고 해서 '맨드라미'라고도 칭한다는 말이 있다. 용맹한 대궁과 색의 강렬함, 그리고 두툼하고 강한 꽃의 이미지에서 마치 높은 가문의 여무사 모습을 느꼈다.

꽃무릇

강렬한 일생기를 보여주기 시작한
그를 조우한 아침에는
강 저편 이들과 합의가 끝난
몸짓을 하고 있다

햇살이 갈라져 들어오는 꽃발花簾 끝마다
세상에게 보내는 신호대로
우아한 산제비나비가 남보라 날개로 서곡을 펼치면
깊은 땅에서 끌어 올린 들큼한 어린 날이
연한 꽃대 복판에 고여 있다

밤낮을 잊지 않고 살아온 꽃으로 보내놓고
어린 나를 두고 총총히 떠난
그 사람은 그리도 모질었던가
담아 두고 넘치지 못하는 눈물로
해야만 될 말이 떠오를 때까지 기다린 시간을
몸을 살라 흩날려도 잊을 수 없어

꽃마다 머금은 정명精明한 빛
죽어 뼈만 남은 극치의 인연만
잊지 않고 대신 살아가는 정원에
꽃잎 바스러져도 기다리는 것은
그 사람 걸어오는 소리

어린 나에게 처음 꽃무릇을 보던 순간을 '눈이 번쩍 뜨였다'라고 표현한 오래전
돌아가신 엄마의 말을 잊을 수 없다. 참사랑이란 꽃말을 가진 꽃무릇은 뿌리가
마늘을 닮아서인지 석산石蒜이라는 한자명을 가졌으며 독성이 강하다.

물봉선화

향낭이 톡 터져 날아오는 안부로
추근대는 바람을 쫓다가
어쩌다 비애 가득한 자리에서
오수에 덜 깬 눈을 비비고 보았을 당신

누가 이곳을 정해 두고 갔을까
반나절 높은 볕이 쉬다가는 웅덩 그늘에
큰누이 뺨 같은 꽃 보라가 일고 있는데
눈먼 나비처럼 허튼 눈짓만 하는 당신은
누이를 보았구나
아, 울고 있는 누이를 보았구나

어머니가 바람 되어 대신 알려준
열병 앓던 큰 누이 눈 감던 날에
소리 없이 피다 지던 꽃
본 적 없던 누이를 만났구나

'혹시 어머니는 아직도 밭을 매다
소갈증에 턱 막힌 가슴을 치던지요.'

'솔가지 같은 손가락에 굽은 놋쇠 반지 여전하고
누이를 쳐다보면 물기 마른 눈에 눈물은 나던지요.'

풀숲에 들리는 나직한 당신 음성
그곳의 일들을 차마 알고 싶어
여린 가지에 고독한 투정을 걸어두고
화염 뚝뚝 떨어지는 꽃을 보다가

무릎 세워 돌아앉은
등이 헐거운 시간을 보내고
건네주던 한 다발
삼가 늦은 추모에
다시 돌아눕는 당신

물봉선화 ✿

껍질이 말라 터지면서 씨앗을 번식하는 물기가 많은 땅에서 군식 하며 잘 자라는 야생화다. '나를 만지지마세요.'라는 꽃말을 가지고 있는 물봉선화는 특별한 이야기를 해 준 시어머니와의 사연이 있어서 더욱 슬픈 정감이 가는 꽃이다.

구절초

구름이 어지러운 하늘
그가 풀어놓은 말을
들어보자 생각하고 오른 벼랑에
매홍지에 고이 품었다가 놓은
수줍은 화관만 남았다

쑥이 봄인 듯 자란 산등성
잔별이 꿈꾸는 집수터에서
정인의 이름 새긴 와편 하나 성벽에 끼워둔
옛사람은 물 대신 별을 긷고
산성山城은 뒤집힌 시간을 예우한다

날 바람에 성긴 돌담 안으로 들리는 음성 없어
산을 내려가는 길을 잃은 병사
환석丸石처럼 그만 굴러간다
무심한 울음이 굴러간다

아직도 답을 모르니 피다 지기만
꽃잎이 흔드는 소리
달빛에 길을 내고
송연묵 향 품고 먼 길 오는 사람
이 길섶에서 하던 대로 또 기다려야지
채홍빛은 사라지고
연사練絲로 빚어 처연한 구절초

바람 불고 구름 나는 하늘에
들리는 흰 깃발 흔드는 소리
옛사람 지나던 남문 있던 쯤에 꽂아
도무지 들어도 알 수 없던
꽃부리 본능에 맡겨두던 그의 대답이
비로소 명료하다

구절초 🌸

'순수한 사랑의 절개'라는 꽃말을 가진 구절초는 이름대로 9월(음력)에 흔히 볼
수 있는 야생화다. 봄에는 '마가렛', 가을에는 '구절초'라는 차이를 알면 서로 헷
갈리지 않을 수 있다. 옛 성터에 핀 향이 진하면서도 외로워 보이는 구절초가 가
히 전설적이다.

핑크뮬리

　이름이 생각 안 나면 네가 있던 자리 흙 한 줌 붙여서, 훅 뽑아 품에 넣어 급히 가던 사람들은 특징이 있지. 순식간에 터전을 잃은 것에 무슨 변명을 하는 건지, 합당한 이유를 대는 건지 혼잣말하다가 곧 정이 든다며 수줍게 웃는 특징.

　너는 엽록체 빠지는 소리에 그만 주저앉고 싶을 것이고, 온몸으로 쉬는 숨을 보면 나 역시 뱅글 도는 하늘이 단순한 현기증이 아닌 것을 알지. 아찔한 곡예를 하는 건 아마도 이것이 저승을 알아가는 과정이라는 생각만 날 거야. 가슴까지 울려대는 네 숨소리를 듣고서야 숨소리 닮은 이름 하나 짓는다고 고민하는 모습은 시호諡號를 미리 짓는 것과 같아 보였어.

　너의 절대자는 거칠고 먼 사막에서는 봄 짓는 시간을 보내느라 너쯤은 생각도 안 하겠지만 한때 너로 하여 좋아서 희번덕대던 눈 속에 다녀간 바람이 있다는 것을 아는지 모르는지. 때로 목을 꺾은 채 떨던 너를 가둔 것은 자꾸만 길어 나는 서슬 하얀 세포 같은 뿌리들. 난해한 말을 주렁주렁 달고 숲에 던져질 때쯤 한 몸이라고 소스라치게 놀랐었고. 그럴 때마다 무섭게 번져가는 속도에 너도나도 생태계위해성 1급이니 2급이니 하는 판정을 내리기 바쁘지. 무슨 죄가 있다고.

저들은 빈 땅에 밀어 넣어 요구받은 대로 연분홍 흥분제로 발육한 죄를 어떻게 물을 텐가. 그랬더라도 문명은 균형 있게 흐르지 못해 어느 곳에서는 빨갛게 살이 오른 어린싹이 땅을 열 때까지 질긴 생명으로 도사리고 있을 것이고, 굳은 눈이 녹아 산물이 넘치는 날을 기다릴 거야. 정수리 간질거리는 싹이 트는 기적 한 장면. 저들이 넘실대며 모르던 이름을 피워 낼 테지.

핑크뮬리 그라스 🌸

넓게 분홍 갈대밭처럼 보여 사진 촬영 명소로 인기를 끈다. 최근 생태계 교란 논란으로 떠올라 심은 것을 없앤다고 하는데 사람에게 유해성을 가진 식물은 아니라고 한다. '고백'이라는 꽃말을 가졌다. '분홍 머릿결'이라고 의역할 수 있으며, 세계적으로 조경에 많이 쓰이는 추세다.

물옥잠화

이제 와서 보니 잘한 일입니다
아무도 없던 늪이 보낸 뿌리 서넛
꽃이 자다 깨는 시간도 볼 수 있는 요행입니다

마음 한 점 돋지 않는 눈빛이던
초록 이끼가 결대로 붙은 옹기를
눈앞에 당겨 보니
새봄에 날려 보낼 어린 새 품은
휘어진 산허리가 담겨있습니다
품어서 함께 비상할 꿈을 기르는 양수養水에
부양浮揚하는 청자 꽃잎
절정을 보낸 저녁은 황홀합니다

꿈을 좇던 대로 감기는 눈 속에
일생을 걸고 내려앉은 권태를 물리고
기어이 스며들던 목소리
절명할 때를 기다리는 자연에게
자꾸만 꽃대를 받치는 내 이기利己

피지 않은 꽃까지 보여주는 지극에
나는 그 뿌리의 속내가
못내 궁금합니다

물옥잠화

'승리'라는 꽃말을 가진 이 꽃은 부레옥잠화라고도 불린다. 수질을 개선하는 수생식물이지만, 열대지방에서는 번식력이 좋아 잡초 취급을 받는다고 한다. 꽃은 아름답지만 오래가지 않는 단점이 있다.

동백2

고운 바람에도 낯을 가리는 그이는
어디론가 침잠하는
바다 하나를 만들었을까
몇 가지 종적만
진하게 남기고 간 그이는
가다가 몇 번을 돌아보았을까
내 출생기를 들려주던
그 시간은 차마 피해서 갔을까
골반에 걸터앉은 강렬한 색
그때서야 열리기 시작한 꽃잎이었다던
아
미치도록 보고 싶은 그이
그이는 어디에서 생각을 멈추었을까
하다만 생각을 이어갈 수 있다면
보내지 않아도 되는 길을 열어 놓았을 것을
짙푸른 나무에 기다리는 유전인자로
이제부터 시작하는 통증
붉고도 붉다

겨울에 피는 꽃이라고 하여 동백冬柏이라 하며, 봄에 피는 꽃은 춘백春柏으로 불리기도 한다. 꽃색이 붉어서 학단鶴丹, 학정홍鶴頂紅, 내동화耐冬花는 뜻 그대로 붙여진 이름이다. '누구보다도 당신을 사랑한다.'라는 꽃말의 동백을 유난히 좋아하여 이 계절부터는 꽃 보는 일이 즐겁다.

천일홍

소스라친 모습으로 나를 보던 날은
풋 물이 터질 듯한 하늘을 받친
훤칠한 정자에 앉았다가 오던 길

야윈 대궁에 눈길도 뜨거워
꽃은 열병에 타고 있어
단봉丹鳳을 보낸 가슴을 닮았던 그대

누구도 빤히 들여다보고
그대의 시간을 알려고 하지 않으니
지금부터는 평조平調의 노래를 준비하오

땅으로 다시 스며드는 모습이 부끄러울 것도 없으나
그래도 서운한 사람 몇몇은
황홀한 천일을 다시 보고 싶으니
얼마 동안은 그대로 있어 주겠지만

삭은 뿌리들이 마음대로 움직이고
저린 잎맥들은 풀 먹은 빗소리를 기다리는
늙은 노새의 발과 같아
나는 애석한 그대의 시간에 시를 몇 줄 얹을 테니
가을볕에 고단한 천개千個의 절개를 기록하오

그것도 모자란다면
무수한 진언을 다진 나의 영토를
수척한 여인의 발 같은 그대 밑동에
단단히 밀어 넣어 줄 것이오

천일홍千日紅 🌸

보라, 빨강, 분홍, 흰색 등 작은 꽃으로 많이 핀다. 색이 오랫동안 변하지 않아 천일홍이라 하며, 화단 조성이나 절화용, 드라이플라워(건조화)로 애용된다. 올해는 특히 천일홍이 예쁘게 보여 여러 가지 방법으로 만끽하였으며, 서피랑 언덕을 지나오면서 본 천일홍의 모습에 가벼운 충격을 받고 시를 적어 보았다.

국 화

바람 찬 날을 보내고도 눈부신 황국
이제야 피는 이유를 묻기도 전에
고개를 돌리는 저 오만!
저릿하게 뻗쳐오는 신경이
잘 접어 말려둔 기억까지 아파옵니다

여기가 퇴계退溪의 집인지
쓰러진 볕도 물리고 앉은 도연명陶淵明의 앞인지
문밖에 심은 꽃을 보는 나도
흔들리는 시공에 있습니다

집 하나 지어서 국화 그려 걸던 인정은
명문名文도 버리고 달도 지우더니
탱자나무 울타리 너머로 가던 은일자隱逸者
돌아가던 모퉁이에 그대로 서있습니다

절명하지 못한 꿈을 품고
모호한 말에도 흔들리는 절개
이 절개 그려주던 선비는 떠나고
남긴 자화상

잦은 바람에 흐려질 꽃색
누군가는 눈물 나는 낙화에
달도 내려 품어줄 신독한 시간
여기도 달이 돌아오는데

나는 누구와 만날 수 있을까요
볼 수 없는 경계 밖에 그가 있어도
함부로 가지 않겠지만
그 너머 국화 피고 달이 돋는 소리를 듣고도
다시 중용中庸을 읽으라는 말인지요

종류가 많은 여러 꽃 중 하나인 국화는 시인 묵객들로부터 가장 많은 서정적 글을 쓰게 만들었을 것이다. 국향은 제 계절이 아닐 때라도 향을 맡으면 그 순간 진한 가을을 미리 느낄 수 있다. 색에 따라 조금은 다른 꽃말을 가진 국화는 가히 선비의 풍류와 절개를 함께 가졌다 할 만하다.

용담꽃

몇 밤을 보내고 여기 왔는지
거친 비가 오는 소식을 듣고도
넘어오던 언덕을, 당신이 서 있던 언덕을

보고 싶던 그날만큼
정명正名되지 못한 아픔
당신이 만든 심장에서 시작하였지

이만 용서할까
수 없이 물어보던 자리에
누가 대신 앉았다 돌아갔는지

얼마나 아팠는지 흐느끼던 소리에도
검고 흰 싹이 돋는다
잎맥에서 벌어지는 치열한 생존

그럴수록 새벽마다 걸어두는 꿈에도
꽃은 멍을 지우지 못해
비 그친 배경에서 기다리는 품

그만 간 듯하여도 얼굴을 덮지 말고
한낮 덮치는 태양처럼
미끄러운 그 길 빠르게 지날 조문 길을 열어주며

당신도 긴 그림자 앞세우고
피다 지는 모든 것에
눈물 흘려주어야지

'반만 감은 눈을 마저 덮어주고'

오늘까지는 이겼으니 푹 쉬라는
느긋한 편지를 읽는 깊은 가을
거룩히 순장되는 상상을 하는
당신은 그 꽃

용담꽃 🌸

설사 꽃이 많이 달려 처지고 바람에도 약해 쉽게 쓰러지지만, 그 속에서 꽃이 많
이 피기 때문에 자르면 안 된다. '당신이 힘들 때도 나는 사랑합니다.'의 꽃말을
가진 여름에 피는 야생화다. 여름의 감성을 끌어 올리려다 보랏빛의 매력에 자칫
우울해진 시를 썼다.

호접란

겨울이 한창인 하늘
퍼렇게 쏟아내는 풋내를 젓는 나비
소음이 사라진 뒤 펼친
비벼내는 여린 날개가 가상하다

너는 철없는 생각시이면서
의심하는 이도 없는 곳에서 펄펄 나는
한 마리 자유
증명하는 일은 쉽지 않아
검붉은 흙에서 나온 연두로부터
보아줄 너를 불렀지

바다 건너에는 늙은 곁눈이
지고 마른 것도 잊고 청순을 탐하여
다급한 밤낮을 보낸다는데
이대로 곱게 보아주던지
정절貞節한 꽃대 크는 시간에는
등을 돌려주면 좋을 텐데

굉음 속으로 사라진 글도 있었고
푸른 핏물 받던 말도 있었지만
그때 흩어진 달그림자 조각까지
깊은 골짜기에 묻어버렸으니
호접몽 이야기 몇 통은 적어 보내야지

선단을 지나온 어여쁜 나비여
따뜻한 산란장에 들어 온 듯
느긋한 내 심장 소리 들은 대로
필 수 있는 시간을 얻어 주면
아마도 한동안 꿈속에서 놀 것 같아

호접란 🌸

아름답지만 선이 굵고 강인한 이 꽃을 어떤 이는 여성성을 상징적으로 표현하기도 했다. 나비 두 마리가 아름다운 날개를 맞대고 있는 듯한 이 꽃은 그 모습이 신비롭기까지 하다. 팔레놉시스(Phalaenopsis) 라고 통칭하며, 꽃의 개화기간이 길어 애용하는 사람이 급속도로 늘었다. 수많은 종류 중에 청풍의 별칭을 가진 꽃을 보고 시를 적어 썼다.

아네모네

그 떠들썩한 증상이 시작된 것일까
까마득한 아래로 떨어지는 공포처럼
간질거리는 엷은 꽃잎에
더운물을 끼얹어 보지만
다시 살아나는 악惡이 난무한 곳에
먼 봄날에서 날아왔는지
반짝이는 해안에서 본 적도 없고
가지고 싶은 전부를 다 가진 얼굴

아직은 아닐 거라는 확신에
등불처럼 밝은 치명적인 빛깔로
촘촘하게 적어 보낸 안부
바람이 먼저 읽기 전에
명징한 낙화를 기다려야지
씨앗 하나 가져갈 길도 막아버리는
낮게 흔들리는 바람에도
빙빙 돌며 움츠리는 나는 박약한 사람

어느 꽃그늘을 만들어야 할까
그림자도 소스라치게 떠는데
날아보아라 절세의 융단
눈부신 꽃잎으로 하늘의 심장을 열어줄
이승의 가장 마지막 땅에 심을
아네모네여,
까만 꽃씨 품어라

아네모네

다양한 꽃 색깔을 가진 아네모네는 사랑을 바탕으로 하는 모든 말들이 다 꽃말
이라고 해도 과언이 아니다. 지금부터 봄까지 꽃집에서 흔하게 즐길 수 있는 아
네모네는 여린 꽃잎에 비해서 만개하고도 개화기간이 긴 특징을 가졌다.

체리세이지

향유는 뿌리까지 내려와
갈 길 찾아가는 법을 알리고
거대한 십리목十里木임을
바람에게 회유하는
방년의 발랄한 체리세이지

지는 때를 잊고
아무도 지나가지 않는 골목에서
희고 밝은 불이 켜질
나무가 되고 싶어서

봄나무가 되는 꿈은
온통 봄이 되는 것
시린 땅에 눈물겨운 싹을 내고
비행을 준비하는 얇게 펼친 꽃
성하를 벗어난 여린 줄기의
온도를 기억하는 가난한 시인
너처럼 가벼운 시 한 줄 놓고 간다

체리세이지 🌸

연약한 꽃대를 가졌으며 내한성이 좋다. 건조한 땅에도 잘 자라며, 군식을 하면 꽃물결을 이룬다. 꽃에 꿀이 많아 벌 나비가 많이 모이며, 입욕제 등 화장품으로 사용할 만큼 효능과 향기가 일품이다. '건강'과 '장수'의 꽃말을 가지고 있다.

크리스마스로즈

말라가던 꽃은 땅으로 배어들었고

암반 아래 물기를 더듬는

고답적인 힘만 남겼다

시리고 건조한 공기만이

채향採香하는 이기를 부리지만

당당히 걸어오는 흰 몸짓에

예포 소리 선명하다

초승달로 베어낸 차가운 조각

이 미려美麗한 꽃에게

혜원蕙園은 부디 그대의 화원에 맞는

채홍빛 훈훈한 봄을 그려 주오

크리스마스 로즈 🌷

헬레보루스라고도 하며 꽃의 빛깔이 여러 가지다. 원산지인 유럽 등에서는 정원에 많이 심는다. '불안으로부터 나를 진정시켜주세요.'라는 꽃말을 가졌으며, 꽃집에서는 지금부터 3월까지 여러 용도로 많이 쓰이는 감성적인 느낌을 가진 꽃이다.

리시안셔스

빠르게 들어오는 어둠은
다시 생각할 수 있도록
창조하는 시간을 배려하는 것

다시 만들어 내야 하는
절색의 초저녁은
이리도 넓은 품을 만들었는데
내게 가득한 그대 향기여
주름 잡힌 이 시퍼런 융단에
짙은 멍이 되는 속살

어느 곳에 가든지 유묵遺墨이 곱던
당신의 손끝에
꽃잎 펼친 여기서 보낸 연서
겹겹이 피기 시작한 꽃잎이지

다시 먼 곳에서 들려오는
꽃이 만드는 시간
돌아가 기다리는 암전暗轉

리시안셔스 🌸

꽃잎이 겹과 홑의 종류로 단정하고 풍성한 꽃이다. 자연스러운 품위가 있으며 화려함을 가지고 있기도 한 이 꽃은 주연 같으면서 빛나는 조연이다. '변치 않는 사랑'의 꽃말을 가지고 있으며, 꽃색 종류가 많고 꽃마다 느낌이 각양각색이다. 꽃집에서는 장미만큼 많은 사랑을 받는 꽃이다.

거베라

내 몸은 비를 기다리는 일련의 과정을 거치는
보이지 않는 경계를 하고
기다리는 사막

둥근 알로 기다리던 그 사막의
반쯤 벗어나서 보이던 신기루는
별이 뜨고 빛나던 선명한 등성에서
초혼하던 외겹의 흰 옷이기도 하고

간절히 스밀수록 이염移染은 쉽지 않아서
내려놓아야 했던 숨소리
절절히 찢어놓던 꽃의 중심부터
머지 않는 곳에서 오고야 말 것이니

앉은 채 맞이하는 내 불손의 꽃대궁을
너그러이 받아주어요
흔들리며 기다리는 발아發芽의 시간이어

거베라 🌸

여러 가지 색을 가진 거베라는 유난히 선명하다. 일반 거베라도 많은 이용이 있지만, 스파이더 거베라라는 이명異名도 있는 실거베라는 최근 들어서 전혀 다른 느낌의 세련됨으로 이용되고 있어 시로 써 보았다.

층꽃나무

무슨 고집을 그리 피워
바람 부는 날에는
앉을 데도 없을 텐데

꽃 탑을 쌓아가는
휘청거리는 나비들
날갯짓이 바쁘다

몰자비没字碑 비스듬히 누워 있은들
다시 새길 사연을 누가 기억할까만
한뎃잠 자는 탑신塔神 앞에
굳은살로 뻗은 잎맥마다
엎드려 쌓아가는 곡진한 꽃

완상玩賞을 거듭하는 날일수록
잘게도 번져가는 향유는
모질고 먼 시간이 끝날 즈음
무딘 가지 사이에서 배아 하는
까만 씨앗

서 있을 만큼의 시간만 허락한
절대의 공전公轉 속에
곧 무너질 꽃 탑 언저리
금석에도 못 새길 고요가 기다린다

층꽃나무 🌸

겨울에는 말라서 풀로 분류되어 '층꽃풀'이라고도 하며, 분홍빛 흰빛을 띠기도 한다. 성질이 강인하며 뿌리 발육이 왕성하다. '고요'의 꽃말을 가졌으며, 어릴 때부터 섬에서 흔히 보던 반가운 야생화이다.

왁스플라워

나는 솔 매화

찬바람에 숨이 차는 날에는
온통 윤이 나는 향을 바르고
바람도 모르는 곳에서
노랗고 따뜻한 잔별을 만든다

둥지를 만들어 올 어미를 기다리다가
철따라 갈 줄 모르고 길을 잃었을 어린 새
동지冬至를 보내고 낮이 많아질 때쯤
수십 밤 날아갈 날개를 만들다가 깃든
솔이 조밀한 매화 숲

부디 의연하여라
차가운 날이 가고 나면
네 날개가 준비한 하늘이 올 테니
별처럼 꿈꾸다가 먼 하늘 날아갈
이야기를 속살거려주겠니

나는 매화보다 진했을 홍화紅花

빈 등 보여주던 어미에게
절명의 깃을 접는 너의 입속에
흐르는 감로수가 되고 있으니

왁스플라워 🌸

작고 앙증맞은 꽃잎이 마치 왁스 코팅의 질감을 가졌다 하여 납화蠟花라고도 한
다. 흰색, 분홍, 주황, 살굿빛 등의 꽃색을 가지고 있으며, 줄기를 비비면 향이 난
다. 에센셜 오일을 추출하기도 하는 이 꽃은 '솔매' 또는 '솔매화'라고도 하며, 꽃
집에서는 가격이 높은 꽃 중의 하나이다.

매 화

매화첩花紙를 준비하는 동안에는 말이죠

환월幻月 아래서 시문을 읽는 그녀는 마치
연두색 꼬투리 속 청완두가 돌아눕는
비린 향 매화 가지에 바람처럼 앉아서

생각 하나 흔들리면 밤도 따라 기울던
서걱이며 갔다가 돌아오는 길을
암향暗香으로 흔들리게 하구요

다시 호흡하는 법과 작은 길을 내어 준
그녀 앞에 앉으면
한소끔 더 익은 술을 내어 오던 밤

달빛 같은 청매를 화선지가 읽어 내고
월매도月梅図 한 폭이 펼쳐지는 때에는
길고 그윽한 바람 한 줄기에
기울던 달도 돌아보지요

일지매一支梅 흔들리는 창도 밝은데 말이죠

매 화

설중매, 조매, 동매, 백매, 홍매, 비매, 청매 등 수많은 별칭을 가지고 있다. 고결
과 맑은 마음의 꽃말을 가지고 있으며, 사군자 등 문인화의 소재로 즐겨 그리는
기품 있는 꽃이다. 매화를 볼 수 있다는 2월, 곧 매견월梅見月이다!

개나리자스민

벌써 오신 줄 알았는데
마음보다 늦었어요

먼저 걸어가던 길 끝에서
기다리는 줄 알았는데
너무 급한 당신은 돌아갔나 봅니다

숨 쉴 때마다 번져오는
그리운 시간들이
모퉁이 돌기도 전에
저만 벌써 새봄인 듯
수줍게 시작하는
발끝을 세웠어요

등이 길어 굽은 당신은
햇살 터지는 풀숲에서
콧등에 주름지게 바라만 보네요

산란하여 터지는 봄의 속살이
품어 아끼는 당신인 것 같아서
초유初乳에 적신 입술
망설이는 당신에게 내밀어보아요

개나리자스민(carolina jasmine) 🌸

'나의 사랑은 당신보다 깊습니다.'라는 꽃말을 가지고 있으며, 봄부터 여름까지 향기로운 향과 노란색 꽃을 보여준다. 덩굴성을 가지고 있고, 내한성이 좋고 독성이 있어 알러지가 유발할 수 있다고 한다. 지금 꽃집 앞에는 개나리자스민이 행인을 보는 듯하다.

율 마

살갗을 에는 눈빛이
연둣빛 물소리를 내는 날이면
둥근 몸 하나로 만든 숲 안에
새벽의 레몬그라스 정령이 깃들어
아, 너의 리듬은 유려하구나

열렬하게 햇살 번진 하늘
둥근 가지 끝 바라볼수록
긴 여름 뜨겁던 끈적이던 언어로
엉겨 붙던 때는 지나고
속살거리며 몸 씻던 나무 한 그루가
잔잎 벌여 정연하게 만든 숲에서
길목 돌아가는 얼굴들을
문득 불러 세우는 너는 작은 겨울이지만

이미 소생하는 품에서
누구를 품어 보냈는지
영혼을 간지럽히는 소리를 내고 있으니
나는 길고 큰 숨을
여기서 마음대로 내고 들이쉬겠네
비릿하게 얼굴을 감싸버린
봄인가 보다

율마 🌸

'윌마'라는 이름이 유통과정에서 '율마'라고 변한 것을 알고 조금은 어색해졌지만, 묘목이라도 월동을 잘하는 나무이다. 달콤하고 상큼한 레몬 향이 아주 강하여 손바닥으로 감싼 뒤 향을 맡으면 기분 전환이 되며, 썰렁한 겨울에도 꽃집 앞을 든든하게 지키는 상록수이다. 율마를 좋아하는 조카 진성을 생각하며 써 보았다.

심비디움

어떤 이도 예상 못했던
푸른 눈물로 뚝뚝 시를 쓰는 날에는
가까운 벗도 먼 산에 있다

누가 보든 보고서 손짓을 하든
속살이 잎이 되든
꽃잎이 볕을 보려고
뒤집힌 반원을 만들어 눈이 부시든
속살에 핏빛 드는 진통에도
도도하게 깨무는 입술을 가진

애석한 겨울 볕에 몸을 쬐는
뿌리보다 긴 길을 떠나는
거대하고 섬세한 여행자다

누군가 만나진다면
흙 한 줌 얻어 틔운 싹이라도 주고 가는
바람도 누워 부는 한낮
그 산에 가는 꿈을 꾸는 중이니

심비디움 🌸

크고 화려하며, 풍성한 꽃을 피우는 서양난이다. '미인과 귀부인'의 꽃말을 가졌
으며 과연 꽃의 자태답다. 음이온 발생량이 풍부하고 개화기간이 길어 사랑받는
심비디움. 사진 찍을 때 잡힌 주변의 높은 아파트보다 더 우월한 느낌이 드는 것
은 나만의 생각일까?

튤 립

둥근 초록 대롱에 있었던
지루한 생장生長을 마치고
화판 여는 때를 기다리는데
긴 유리병을 들며 소녀가 물어온다

이곳은 답답하겠지?
맞아, 그럴 거야

나는 아마도 답답할 것이고

물이 닿지 않은 대궁의 심장이
팔딱이는 모습도 안쓰럽겠지

마음을 열어준 소녀처럼
더 단단하고 활발하게
선명히 벌어지는 환희
처연히 떨어진 날까지
조금만 답답할 거야

안부를 물어주는 소녀
맑은 눈에 고인 뒤에
세상의 고마운 눈빛을
품었다가 열어 줄 거야

일종의 암호 같은 메시지로 감정표현을 하게 된 꽃말의 부여는 17세기 터키에서
발상이 되어, 19세기 프랑스에서 성행하였다고 한다. 사랑에 관한 좋거나, 좋지
않은 꽃말은 다 가지고 있는 다양한 색의 튤립은 몇 세기 전에는 수천 마리의 황
소보다 값어치가 나가는 투기의 대상이 되기도 한 꽃이다. 바야흐로 튤립의 계
절이다. 꽃이 코로나 이전의 축제를 기억하면 어떻게 하지?

생강나무꽃

어느 바람이든 기다린다면
산모롱이 지나
돌아올 날이 있을 겁니다.

이슬 내리는 새벽마다 들리는
가지에 봄물 품는 소리
순간을 못 볼까 봐 겁이 납니다

가지마다 터지는 봄이 만든 노란 매듭
흥건히 풀어 번질 잦은 봄비도
부디 찾지 말기를

대책 없이 풀어지는 그리운 마음은
고요히 있어도 아련해지는
꿈에라도 가는 저 산

제일 먼저 건네주는 속내
알싸한 노란 향에 기막힌
먼 산이 전하는 그리움

돌아오는 바람결에 온다 합니다
술렁이는 봄볕 톡톡 튀는 소리에
가만히 벙글대는 생강나무 꽃

생강나무 꽃 🌸

김유정의 단편 소설 「동백꽃」의 동백이 이 생강나무 꽃이다. 빨간 동백나무 꽃을 '노란 동백꽃'이라고 되어 있고, 알싸한 냄새가 풍기는 데서 생강나무임을 알 수 있다. 산수유 꽃과 비슷하나 생강나무 꽃은 가지에 바짝 붙어서 꽃을 피운다.

부겐베리아

황급히 벗어난 바람의 꽁무니

오다 걸린 대로 꽃이 되었다

피고 지는 얼마간은 울다 웃는 입꼬리로

검붉은 비단으로 팔랑이는 수줍은 포엽이여

변조가 자유로운 그녀의 계절까지

만들어 흔들었을 비루한 기록들

조탁한 아침을 맞을 때까지

엉켜 있는 실을 풀어라

발아하는 붉은 포엽 속에는

희고 고운 꽃이

하루빨리 발색하는 이야기를

내가 들어야 하니

키우기 쉬운 식물 중의 하나로 '정열'과 '영원한 사랑'의 꽃말을 가지고 있다. 여러 가지 색의 포엽을 가진 부겐베리아는 넝쿨 성질을 가지고 있으며, 가운데 작고 흰 꽃을 돋보이게 하는 주변의 포가 화려한 개화 시기가 긴 꽃이다.

비단향꽃무

못내 아쉽던 그날 오로라 한 필 펼쳤습니다. 거문고 소리는 달
빛 따라 담을 넘어가고
돌아서던 발밑이 파이도록 고요가 지척대던 땅이 떠나는 발을
묻은 듯합니다

어쩌다 들어왔던 절절한 연정도 어는 듯 녹던 지즐대는 물소리
남은 것은 아무것도 없이 물소리만 갖은 암호를 품은 듯 장단
이 많습니다

말라가며 감추던 심장으로 고왔던 발만 내놓고 오로라를 벗어
나 은하에 닿습니다
시리던 날을 품고 사랑이 멀어지던지 흘긴 눈으로도 보기가 민
망하던 뒷모습을 보인 그에게
아지랑이 풀어지는 언덕에서 곱게도 침몰하여 수절하든지 아니
든지 하는 선택의 혼란만 주고 갑니다

괜한 마음을 몸 안에 들인 죄는 밤낮을 새워도 죽지 않는 해와
같고 달과 같은데
흐려진 기억을 던져버린 야생의 너른 들에는 경계가 점점 없어
집니다. 경계는 자꾸만 커져 기억을 성장시키고, 넘치는 봄물
속으로 질퍽대며 달려도 날카롭게 꽂힌 여린 정수리로 별 하나
들어와 온 하루 울다 갑니다

비단향꽃무 🌸

'스토커'라고도 한다. 지중해가 원산이며 줄기는 나무처럼 단단하고 흰 털이 난다. 꽃색은 다양하다. 유럽의 남성은 '절대로 바람을 피우지 않겠다.'라는 다짐의 뜻으로 이 꽃을 모자 속에 넣어 다녔다고도 한다. 꽃말은 '영원히 아름답다.'이며, 강인한 사람과 지금 그대로의 모습이 가장 훌륭하다는 뜻도 안고 있다.

수선화

고개 들지 말아라
콧등이 무겁도록 떨어지는 시선
전과 사뭇 다르구나
겹으로 돌고 돌던 생장의 비밀이
재빨리 바꾼 시점
모르는 척 돌아앉은 등 뒤에
볕이 따갑던 낮이었지

어쩔거야
바람 부는 대로 가도 되는지
그만 돌아가는 길대로
흘러가는 향이 진한데
단전까지 당겨주면 안 되는지

물 위에 꽃잎 띄운다고
달빛 바래도록 써버린 새벽까지
급히 지나가는 물결일수록
휘청하던 상상에 목줄기가 씰룩인다

변절은 품을수록 고개를 든다지
모질어야 되는 거야
고개 들지 말아야지

그리스 신화의 나르시스(나르키소스)라는 청년의 이름에서 유래한 꽃말은 미소년
의 전설에서 '자기주의' 또는 '자기애'이다. 금잔옥대金盞玉臺라는 한자어는 금잔과
옥의 받침으로 수선화를 최고로 우대했지만, 아름다움은 애당초 광물에 있지 않
다. 제주에서 위리안치되었던 추사 선생께서 가까이 벗한 만큼 가히 이 봄을 더욱
환히 밝혀 준다.

벚꽃

화피樺皮는 간곡한 맨살을 드러내어
기다려줄 때까지 피어난 지금이
가장 멀리서 시작된 그리움이지

부르면 멀어지는 그대에게
날아올라도 되겠는지
꽃눈 감아버린 도장지徒長枝 끊어내던 분노는
지금쯤 사그라들었는가

오를수록 굵어지는 둥치가 거칠게 버티던
기다리는 힘이 시작되는 곳까지
언제쯤 닿을 수 있을까

상상으로 전하는 말에 부르는 가지 끝
벌써 시작된 낙화
온전히 내려와서 맞이하는
미열에 익은 몸이 가볍게 날리는 열정

이기利己로 외면당한 말 하지 않은 진실이
이렇게 간결한 말들로 흩어지니
함부로 불신했던 일에
그대 분노는 사그라들었는가

벚꽃

경판으로 사용하기에 가장 적합한 벚나무는 팔만대장경의 60% 이상이다. 질 때 꽃잎이 하나씩 흩어져 날리는 모습이 상춘객의 마음을 사로잡는다. 생장 속도가 빨라 전국 곳곳에 십리벚꽃길, 벚꽃 터널 등의 이름으로 벚꽃길이 조성되어 장관을 이루며 '정신의 아름다움', '순결' 등의 꽃말을 가지고 있다.

할미꽃

다산 茶山의 화사花史에도 오르지 못한
여린 불꽃 심장을 만들어서
풀섶 깊이 누웠다가 한 천 년 기다렸을
붉게도 번져오는 꽃을 보았다는 사람아

누웠던 곁눈에 들어오던 그때처럼
온전히 엎드려 결을 열어 보이던
사람아, 꽃잎에 겹친 사람아
그만 거기서 풀이 되고 숲이 되시게

핀 듯 진 듯 벙근 꽃
산 목련 지던 날 울어주던 새도 잃고
곱게 안을 난만한 봄도 보내버리는
그것을 보았던 사람아

먼 길을 돌아와도 짙은 그늘뿐인 것을
거기 산 목련 아래
엎드려 눈 맞추는 곳에서
아린 등 만지는 봄바람 콧등에 얹고
차라리 다산 되어 꽃을 품어주시다가

※ 다산(茶山): 다산 정약용(茶山 丁若鏞)

풀이 만든 결대로 누워

한 시대 시작하는 화왕계花王戒도 적으시고

앉았다 섰던 자리에 찻자리도 만드시게

그윽이 지나다가 나도 앉아 보겠으니

할미꽃

양지바른 무덤가에 잘 자라는 여러해살이의 할미꽃은 노고초老姑草 또는 백두옹白頭翁의 한자명을 가지고 있으며, 많은 전설을 가졌다. 한국 특산종이며 '슬픈 기억'이란 꽃말을 가지고 있다.

모 란

빈집에 들어오다 저 편
미려한 꿈을 꾸는 만발한 풍경에
선경에 들어 온 듯 눈이 맑다
꽃잎 열리는 절묘한 순간부터
향에 취한 아찔한 낮에는
시 몇 줄 읽어주는 사람과
마주앉고 싶은데

이 꽃은 무슨 일로 성城을 비우고
몰래 나온 여인같이
풍긴 색에 취하여 봄에 겨운지
상춘곡 몇 장을 혼자 적어 부르는가

동백보다 붉은 움이
온몸 덮는 꽃잎이 될 줄은
여기에 놓고 갈 씨앗까지 말을 하는
모란이 잡은 옷깃에
마침내 시작되는 기이한 조현증을 앓게 하는데

빈집에 더 이상 꽃은 비어 있겠고

모란만 피고 지고

이 봄 지나가면 쪽문 난 곳으로

고요히 다녀가는 그 사람

성城을 지어 모란을 데려놓을 일인지.

모 란

목단이라 불리기도 하며, 화중화花中花 라고 할 만큼 꽃의 크기가 풍부하고 아름답다. '부귀와 명예', '화목함과 아름다움'의 상징으로 많이 그려지며, 중국에서는 '부귀화'라고도 한다.

패랭이石竹花

여기 서있는 그대로 돌아서 가도 좋은데
가다가 보고 싶을 때면
나눠 마신 갓 볶은 원두의 커피 맛이 잊히지 않거든
햇살 번지기 시작하는 정오쯤에
다시 돌아오겠니

긴 봄날이 늘어져 버린 여기가
돌아서 간 사람 기다리기에 온도가 좋은 곳
한가한 바람도 나뭇잎을 흔들고
좀처럼 비워지지 않는 생각도
나풀나풀 흔들고 날아가는 것이
여기는 달 뜬 날도 좋을 것 같아

미성으로 속살거린 산새도 깃들고
선 고운 산마루에 달이 안기면 귀애한 당부가 생각나겠지
그럴 때면 가던 길 돌아와도 좋아
잔기침 소리도 꽃잎 그늘에 숨길 테니

서러운 얼굴로 눈 밑이 젖는 날
햇살도 달빛도 평이한 꽃잎 발갛게 물든 뜨락에
날리는 바람으로 와도 좋아

패랭이 🌸

여러 종류 중에 '사철패랭이'는 연중 꽃이 핀다고 한다. 일본에서는 도코나쓰^常^夏 라고 하는 꽃으로 '항상 여름'이라는 뜻의 이 꽃을 직접 보고도 싶다. '의협심', '순결한 사랑', '재능', '거절' 등의 꽃말을 가지고 있으며, 꽃의 모습과는 사뭇 다르다. 지금부터 한여름까지 피는 패랭이는 건조하고 모래가 많이 섞인 곳에서 잘 자란다.

유채꽃

온몸 노래지게 바라본 꽃 속에
먼저 들어가 있어요
나는 만화경万華鏡처럼
낯선 곳도 기울여 다 볼 수 있어요

보고도 못 본 척 지나치다가
절정의 꽃잎이 벌어질 때
꽃 벌보다 빠르게 숨어들 테니

누구를 매료시킬지
긴 밤 오래도록 생각도 말고
어디든 무성하게 피어만 있어요

연두 초록 익어가는 한때
뿌리까지 기억하는 위장술로
완전한 봄날 방창한 유채 속에 서 있을 당신

오늘까지 보았던 눈빛을 잊지 말도록
향유 뿌린 손으로 나른해진 눈을
가만히 감겨주어요

유채꽃

1962년부터 유료작물^{油料作物}로서 본격적으로 재배하며 종자로 번식한다. 기름은 종자에 들어 있는데, 식용유로서 콩기름 다음으로 많이 소비한다. 추위에 강하며 기름채취는 물론이고 요즘은 미관을 위해 조성하는 경우가 많다. 꽃말은 '쾌활'이다.

카네이션

5월의 비바람이 세찬 문틈으로
흐려진 하늘과 들어온다
문을 여는 손이 떨린다

그럴 수 있는 모습으로
함께 오는 정령精靈
당신이라면 그럴만한 모습이다

죽을 만큼 붉게
피어야 살 만하겠다던
찢긴 고행으로 피던 당신

풀 내조차 가볍지 않기를 당부하던
어쩌다 꽃에게 방점을 찍으신
이렇게 붉어야 한이 없겠다던 당신이

－나는 나비이고자 하니－

없어질까 싶은 것도 품어다 주고
하루 온통 보고 다독여도
길고 먼 강은 못 간다 말도 못 한
당신은 날 때부터 안고 업고 얼러주었다

문밖에서 올 때까지 기다리던 당신의
차가운 등을 그때는 업지 못했으니
돌린 등에 꽃처럼 피는 당신

돌아오세요 업어줄게요

카네이션

2,000여 년 전부터 재배한 기록이 있는 카네이션은 중국계 패랭이꽃과 복잡한
개량 과정을 거치면서 사계절 꽃이 피는 계통이 만들어졌다.
미국의 한 여성에 의해 '어머니에 대한 사랑'을 상징하는 꽃이 되었다. 우리나라
에서는 어버이날과 스승의 날에 부모님과 스승님께 붉은색 카네이션을 드려 감
사의 마음을 드린다.

작 약

사람이 꽃처럼 피려고 바람처럼 흔들린다
하늘이 가득 든 꽃 속에 얼굴을 묻어
실핏줄 터지도록 눈물을 쏟고 나면
덮어쓴 꽃가루까지
간질거리는 참회로 땅을 본다

발끝에도 꽃물이 흐르고
굳은 성역 같은 여기서
얼마나 살아갈 수 있을까

거슬러 가고 싶은 날에
빨간 말초를 품고 초록이 지고
차갑게 얼어버린 나무가 서 있던 그저 그런 날
알싸한 작약차 홀로 마셔도
소소했던 아침을 다시 맞을 수 있을까

쏟아져 흐드러진 작약 속을 걸어가는
아직도 사춘기에 드는 나이

작 약芍藥

한자명대로 약용으로 먼저 사용하기 시작한 작약은 붉은색, 흰색, 분홍색 등의 다양한 꽃색을 가졌으며, 수많은 겹꽃의 품종이 있다. 내한성이 강한 여러해살이로서 향기가 강하다.

트리토마

어렴풋이 안개 속 놀랄까 봐 나오지 않은
금오^{金烏} 한 쌍 깃든 길에
준비 못한 시간마저 물빛 소리 흘겨보는
여기 한번 돌아보면 안 될까

흥건해진 안개 숲속으로
몽롱한 안부를 전해보지만
만나지 못하는 저 너머에
세워 둔 등불 하나

밤새 거닌 길에는 어느새
따라오다 돌아가는 애석한 저 빛
번득이는 금오^{金烏} 곁으로
높이 들고 서 있을 땐
고개를 들어라 바로 오늘부터

트리토마(니포피아) 🌸

'당신을 사랑하는 마음' 또는 '당신 생각이 절실하다'의 꽃말을 가지고 있는 이 꽃은 얼마 전 방문한 민간 정원에서 등불처럼 만났다. 월동이 가능하며 '니포피아'로도 불린다. 아프리카가 원산지이긴 해도 내한성이 좋으며, 주로 빨강, 주황, 노랑색이 있다.

네펜데스

나는 꽃이라는데
땅으로부터 시작되는 악기이고 싶었던
변주를 거듭하던 전생이 있었지

비벼댈수록 두꺼워지는 날개의 겹이
벗어나지 못한 연한 나비의 속살인지를
선명한 이름을 써넣다가 알게 되는
긴 밤
굼뜬 몸을 뒤척인 후에야
풍긴 향유 속에도
미생의 물질들이 녹아 있음을
꽃이라는 나는 왜
비천한 미각에 소름이 돋는지

관악의 깊은 골에서
간간이 멀어지는 이명耳鳴
흔들리는 단말마斷末魔를 연주하다
홀연히 지고 마는 꽃이라는데

네펜데스(Nepenthes) 🌸

여름이 시작됨을 알려주듯 네펜데스는 기온이 더 이상 내려갈 일이 없는 초여름에 나온다. 포충낭(벌레잡이 통)에서 향긋한 냄새로 곤충을 유인, 포충낭 안의 고여 있는 소화액으로 벌레를 잡는 식물이다. 포충낭 안의 무균 액체는 통증완화제, 화상, 기침, 눈병, 피부병 등의 치료 약으로, 뿌리는 해열제로 알려졌다.

찔레장미

의도하지 않아도 잎마다 너울대던 기호로
사랑이니 아린 마음이니
전해주는 가련한 역할이여

너도 역시 밤하늘 별빛같이 흔들리던
가슴에 담을 만큼 사랑이
기다리고 있는 밤을 보내고
야윈 얼굴로 번져가는 줄을 알겠으니
의연하게 늘어져라

오다 가던 길도 잊을 만큼
터트리는 너의 찰나
반나절만 그 화풍画風을 훔쳐다가
무딘 담장에 걸쳐놓고 오고 싶어

너의 유려한 채색화에
섬세한 파장에 긴 머리카락 흔들리며
숲 하나 만들어 우거지러 가는 길을
함께 하지 않겠니

찔레장미 🌸

장미와 비슷하지만, 장미보다 소박하고 앙증맞은 꽃이 핀다. 다양한 품종의 색과 모양의 꽃을 볼 수 있으며, 햇빛과 온도 등 환경만 잘 맞으면 일 년 내내 꽃을 피운다.

제주별수국

태초의 흙부터 푸른 땅만 찾아 번져오는 길
향이 있어 남겨준다면
어디든 뿌려서 머물러 주오

임이여, 기다려만 준다면
흩날리는 말을 모아
잔별 얹은 고운 화문석花紋席 빈 하늘에 펼쳐
고단한 등을 누일 텐데

시詩를 엮어 지으신 푸른 별채에
바람처럼 흐르고 싶지만
가기만 해도 터져버릴 심장 두 개
거친 바다에서 솟구칠 불기둥이 되고 마는
비통은 등불도 꺼진 길을 내달리는 밤

몸을 돌려 앉아도 기척이 선명한
푸른 가슴으로 걸어오는 임
돌아와도 품지 못하는 서러운 섬광이여

제주별수국

제주도의 '법정사'라는 절 근처에서 발견되어 '법정수국'이라고 하지만, '제주별수국'이나 '별수국'으로 부르는 것이 더 정감 있는 이 수국은 작아도 겹꽃이며, 월동에 강하다.

접시꽃

아무도 볼 수 없게 가는
구름까지 키를 높여 숨어 피는 꽃
뻗대는 자존심도 가려주는 잎맥 사이로
얼비치며 멀어진 손길
뿌리 속 황토까지 토련하며
정다운 눈매로 울렁대던 연인도 멀어졌다

따라가던 길마다 놓아두던
까맣게 여문 씨앗으로
흙의 본령本領대로 부유한 꽃이 너지만

향이 긴 날을 보내고 맑게 지는 가련한 꽃잎
이른 장마도 돌아가고 한낮 바람도 가려 부는
벌 나비만 데려 노는 영토에서 너는
부르는 연가戀歌마다 박제되는
고전古典에서 피고 진다

접시꽃

단오 즈음에 핀다고 하여 '단오금'이라고 하며, 촉규화蜀葵花·덕두화·접중화·촉규·촉계화 등으로 불리기도 한다. 원산지는 중국이며 우리나라 어디든 자생한다. 역사가 오래된 꽃으로 꽃말은 '풍요'이다.

나도샤프란

땅속에서 더 고단하였지
더운 숨을 뱉을 수 있게
밀어내는 땅이 고맙던 뿌리

압지圧紙가 절실한 지층
흐느적거린 여린 뿌리에
깊은 흙 켜켜이 넣어두는 안부

독이 빠진 초여름 바람이
못내 운다, 미처 알지 못한
축축한 속내로 헤맸을 생장지生長地에
선하게 불다 머물면

향낭 터진 응답으로 시작하는 삶
위태롭게 흔들려도 살아가야지
기어이 전해주는 이진二真의 속치마처럼
살결이 붉어가던 삶은 아마도
무구無垢한 꽃색처럼 숱하다

한동안 더 맑을 수 있도록
다시 시작하는 기도
위기로 접어둔 삶이 시작되었다

※   제2의 황진이

나도사프란 🌸

수선화과이며 원산지는 멕시코다. 여름에 분홍꽃으로 피는데 사프란과 비슷해서 '나도사프란'이라고 한다. 알뿌리로 번식하는 나도사프란은 햇볕과 통기성이 좋아야 하며, 꽃말은 '지나간 행복'이다.

공작초

가는 곳마다 화원을 만들어 햇살을 바쁘게 분배하고
빠짐없이 기운을 뿌리는 날
먼 데서 솟구치다가 날아온
전령의 접은 날개는 윤기를 잃고
우월했던 부리도 굽었다

제단은 멀어 당겨쓰지 못하고
사육의 긴 역사에 고단한 날개이니
쉴만한 꽃 숲 하나 펼쳐놓아라

전령의 단잠이 깰 때까지
망초 꽃은 발밑을 지키고
박석 몇 장은 깃을 흔드는 바람을 막아야지

보랏빛 꽃부리는 황차黃茶도 지난
거칠고 굳센 차나무에 올려
눅눅해진 심장도 말리고

날 때마다 남기는 마음

온전히 씨앗으로 뿌리면서

함부로 번식 못할 닻을 놓는 이기는

날개를 꺾어 비상을 멈추는데

이러다가 영영 날개 달지 못하겠지

지상에서 초혼하는 마지막 꽃

공작초

'첫눈에 반함', '기분 풀어요.'라는 귀여운 꽃말을 가진 공작초는 북아메리카와 아
프리카가 원산지인 귀화식물이다. 흰색 공작초의 군락을 이루어 피는 모습이 마
치 공작이 날개를 펼친 것 같이 보여 '공작초'라 한다.

백련白蓮

햇살이 퍼지기 전까지
재촉하지 않겠다는 비는
하얗게 물들어 가는 시간을
터질 듯이 보고 있다

숨결보다 고요하기를
물결은 몇 밤을 머물자고 애원한다
한 겹씩 결을 열 때까지
까만 밤 한 채 펼쳐놓고
열어주는 그 속 어디부터 안아야 하는지

접힌 잎 사이로 꽃대 솟는 소리
연지에 흥건히 고이고
고절한 잎이 열려
흰 절벽 속으로 꽂히는 비처럼

썼다 고쳐 지우며 곧 방출할
흔들리는 시詩를 안고
백련 늪으로 간다, 폭발하는 고요

연 꽃 🌸

고대 인도에서는 연꽃을 다산^{多産}, 힘과 생명의 창조를 나타냈다. 풍요와 장수, 명예, 영원불사의 상징으로 삼았다. 주돈이^{周敦頤}는 애련설^{愛蓮說}에서 화중군자^{花中君子}라고 할 만큼 연꽃은 진흙 속에서 피어도 깨끗하여, 속세에 물들지 않는 군자의 꽃으로 표현하였다.

애기범부채

넓고 얕은 개울을 맨발로 가던
상서로운 기운에 온몸 돌려 보던
궁중의 뒤뜰로 소풍 나온 아이처럼
결이 고운 꽃 무더기
안아 들고 다정한 연리지^{連理枝}

천상의 바람이 뿌려놓은 얼굴
아이야, 열 달을 품던 날이
날아갈 듯 향기롭다

겹이 얇은 꽃잎 같아 심장이 바삐 뛰고
고요한 태동으로 기다린 가을볕
높아진 하늘 몇 숨, 바람 몇 줄기
마시다가 뱉더니 곧 멈춰 혼절하여
동백꽃 지는 만큼 힘겹던 시간 지나
그 밤처럼 꽃이 되어 안기던 아이야

먼 데서 안겨 와 요람에서 방긋 웃고
말초마다 향을 내는 나비잠 속 배냇짓
배꽃같이 선한 항아^{姮娥}야
어리석은 내 문장에 시^詩를 놓고 웃더니
복숭앗빛 발바닥에 문자향^{文字香}이 묻어 있다

'청초', '여전히 당신을 기다립니다.'란 아름다운 꽃말을 가진, 붓꽃과에 속하는 다년생초화다. 7~8월에 주홍색 꽃이 화려한 여름꽃으로 딸 은수의 태몽 꽃이다. 종종 이 꽃을 겸하여 꽃을 선물하는 은수가 나에게는 늘 고운 아이다.

나무수국

오늘밤은 달 대신 빛나겠습니다
밤하늘보다 아주 가까이
만져도 차갑지 않은
그런 달로 뜨겠습니다

보고 싶다면 우울한 눈을 뜨세요
앞에 두어 품고 싶다면
달 뜨는 시간에 부디 늦지 마세요
여름밤은 잠드는 온도가 좋아서
기다리는 일은 오래 하지 못해요

혼란한 그림자로 엉킨 이들이
라임색 달빛을 훔칠지 모르니
바람 같은 숨소리로 놓쳐버린 달은
이지러져 엎드러 있을 테니

다행히 그때라도 여름이 남아있다면
먹구름 걷힌 꽃에 얼굴을 묻어
둥근 달로 다시 뜨겠습니다

나무수국 🌸

라임라이트, 목수국, 여름수국의 별칭이 있다. 여름에 피지만 추위에 강하며, 꽃
송이가 크고 예쁜 것에 비해 의외로 '냉정', '무정', '오만'의 꽃말을 가지고 있다.

발렌타인자스민

청정한 꽃잎 사이로 가지는 물러나고
보랏빛 요정들 데려 노는 화원에
모난 데가 하나 없는 줄기 끝에 매단 망울
콕, 쪽빛을 찍었구나

품어서 머금은 알알이 이슬
나란히 마주하고 기댄 날
보여주는 입속이 서럽도록 맑은 빛깔
아린 만큼 벌어지는 꽃잎이더니

축포를 엮어가는 여린 줄기에
멍든 바람 같은 날이 많아
설령 주저앉아 울더라도
조색의 시간은 엄숙하다

좁은 틈에 다져 넣어
남김없이 터뜨리는 희열
그것만 기억하는 뜨거운 여름이기를
바다를 지나온 바람마저 뜨거워도
도망가지 말아야지

안녕, 정다운 여름

유통명으로 불리는 발렌타인자스민은 브라질이 원산지로 초코향이 나서 '초코자스민'라고도 한다. 따뜻한 온도를 좋아하고, 향기가 좋은 꽃에 '자스민'을 붙이는 경향이 있다. 정식 이름은 '듀란타이'다.

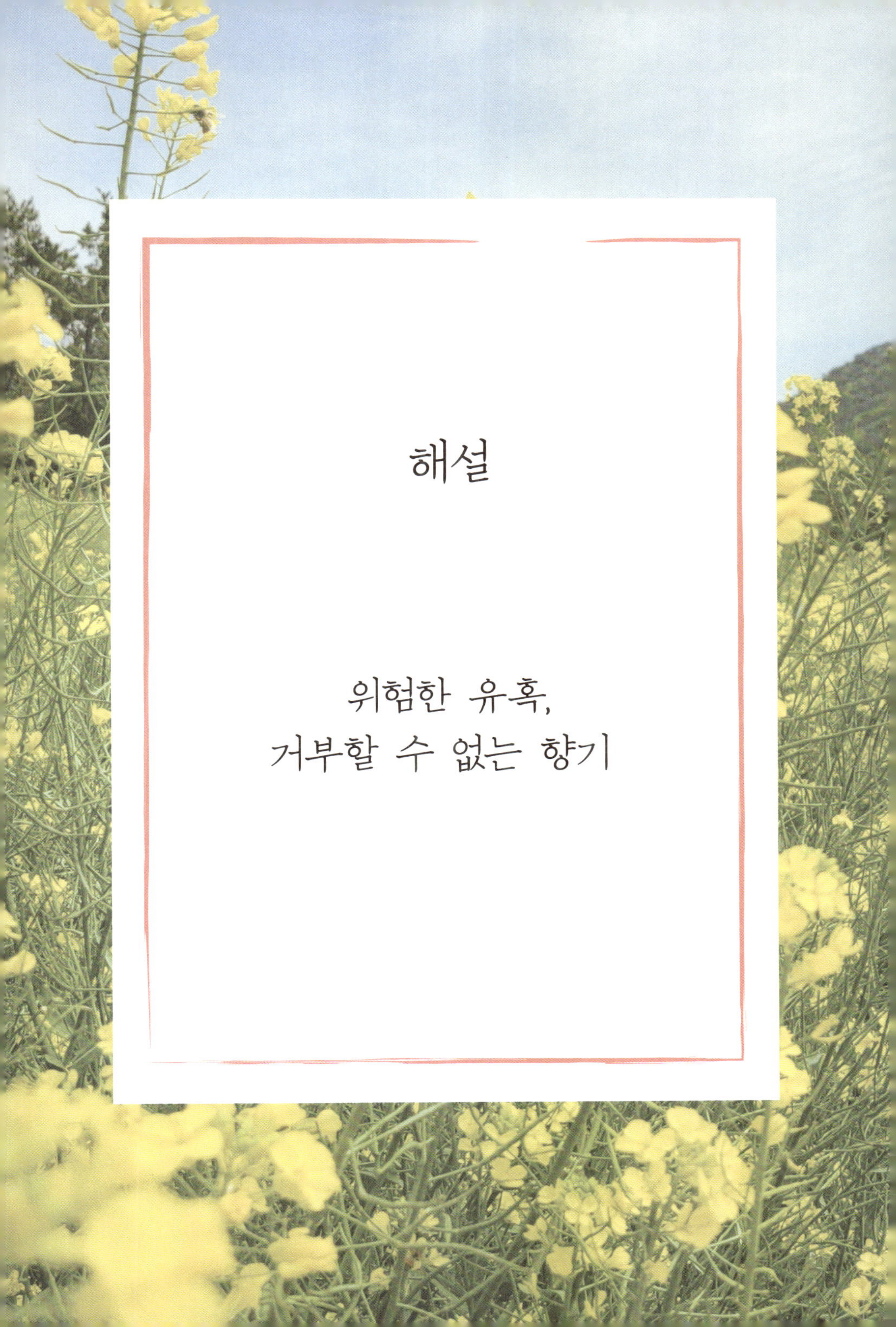

해설

위험한 유혹,
거부할 수 없는 향기

―정소란, 한국적 정서의 탐미주의 재발견

　특이한 시집이다. 원고를 넘겨받으며 그런 생각을 했다. 읽어가면서 더더욱 그 생각은 깊어졌다. 64편의 시가 온통 꽃이다. 시집 원고를 받은 게 아니라 꽃가게를 넘겨받은 느낌이다. 솔직히 꽃에 관해서라면 무지에 가깝다. 꽃뿐 아니라 정소란 시인에 대해서도 무지다. 읽어가면서 정소란 시인은 어떤 사람인지 궁금해졌다. 그것을 알기 위해서 무려 64가지나 되는 꽃들을 뒤지고 살피고 향기를 느끼다 보니 윤곽이 조금씩 잡히기 시작한다.

　첫인상은 거침없는 성격 같다는 것. 그리고 자신만만한 성격일 것이라는 것이다. 왜냐하면 꽃들의 개성과 은밀한 내면을 파헤쳐가는데 일말의 망설임도 없고 스스로 판단에 의심 없는 자신감을 갖고 있는 것처럼 보였기 때문이다. 자신감 넘치는 사람은 자기 생각의 흐름에 의심하지 않는다. 그래서 사용하는 언어가 단호하다. 꽃이 어떤 생각을 하는지 스스로 알아내고 단정하며 거기에 의심을 품지 않는다.

　이런 자세는 사람에게도 똑같이 적용된다. 상대를 단숨에 읽어낸다. 그렇게 읽어내고 풀이한 답이 틀릴 거라고 생각하지 않는다. 좋게 말하면 시원스럽고 반대로 생각하면 위험하다. 그래서 생각

한다. 정소란 시인은 위험한 시인인가? 만약 그렇다면 인간적으로
는 잘 모르겠지만 시인으로는 매력적이다. 위험한 시인은 위험한
시를 쓸 것이다. 위험한 시를 쓸 수 있다면 시인으로서는 정말 멋
지지 않을까. 첫 번째 시부터 심상치 않다.

    훅

    벌써 몇 덩이째 바람이 분다

    그 바람처럼 던져준 당부

    흘려듣진 않았구나

    아껴둔 향을 저미며 뿜어내는 아침

    순절殉節하는 너를 본다

    까칠한 잎맥에 손을 댔다가 잠시 잃은 길

    몽롱한 길에서 보게 된 언어는

    달달하거나 혹은 알싸한 유혹

    귀밑부터 침이 고이는 꽃 색에 또 한 번 혼절하던 날

    되새겨 볼 기억을 걱정하지 마라

    시간이 지나면 변하게 되는 꽃잎에

    새겨 넣을 테니

    몽환에 번져 나온 마비된 사랑을

    「란타나(亂文)」

대부분의 꽃은 이중성을 갖고 있다. 장미의 가시처럼 황홀한 유혹과 치명적 공격성이다. 아마 란타나는 그런 면에서는 거의 완벽한 이중성을 가진 화초라고 해도 무방할 것 같다. 가까이 다가오기를 꺼리듯 잎은 까칠하고 상냥하지 않다. 미인은 까칠해야 하니까. 선뜻 손을 내밀기 껄끄러울 수도 있다. 그런데 상대가 멈칫하는 순간 란타나는 다양하게 변신하며 상대를 유혹한다. 무려 일곱 가지 색으로 능수능란하게 자신을 바꾼다. 칠변화(七變花). 누군가가 노란색 꽃을 들여다보다가 싫증 내는 순간 주황색이나 빨간색으로 화장을 바꿀 것이다. 그것도 싫다면 분홍색이나 흰색으로 옷을 갈아입을 것이다. 이처럼 다양하고 화려하게 변화하는 꽃의 유혹을 떨칠 수 있는 사람이 얼마나 될까?

이 한마디가 이 시의 중심 세계일 것이다. 까칠한 미녀에게 유혹되어 마침내 '손을 대'는 순간 현실에서 이탈하게 되는 것은 어쩔 수 없으며 '손을 대'는 순간 돌아오지 못할 강을 건넌 것이다. 도취하여 '몽롱한 길에서' 빠져나가지 않기 위해, 그 허상을 실상으로 믿기 위해 자신을 설득하는 '언어는' '달달하거나' '알싸한 유혹'이다. 꽃이 자신의 화장을 바꿀 때마다, 자신의 매력을 바꿀 때마다 끊임없이 '혼절'하면서도 그 유혹을 떨치고 싶어 하지 않는 이유를 우리는 안다. 찔러서 피가 흐르고 심장을 관통하는 고통을 느낄 것을 알면서도 장미를 꺾는 이유다. 그 고통은 이를테면 '짜릿한 고통'쯤 될 것이다.

이쯤에서 「타이스의 명상곡」이라는 오페라지만 대중적으로 유명한 곡이 떠오른다. 성녀 '타이스'는 전설이다. 정확하게 말해 전설의 여인이다.

알렉산드리아는 한 때 타락의 도시였다. 그 중심에 무희 타이스가 있다. 그녀의 미모에 대한 소문은 깊은 산속 금욕의 수도원까지 맹위를 떨쳤다. 수도사인 아타나엘은 결심을 하고 알렉산드리아로 가서 타이스를 만나고 열정적인 설교를 통해 그녀를 변화시킨다. 감복한 타이스는 재산을 모두 불태우고 수녀원으로 들어가 오랜 시간 마음을 닦은 끝에 마침내 수녀가 된다. 그리고 아타나엘을 다시 만났을 때 타이스의 유혹적 미몽에서 끝내 깨어나지 못한 아타나엘은 결국 타락해 있었다는 줄거리다. 아마 란타나를 타이스로 바꿔놓아도 크게 틀리지 않을 것이라는 생각이 드는 것은 그 때문이다.

미혹(迷惑)은 인간이 경계하는 정신적 무질서다. 사전적 의미로는 무엇에 홀려 마음이 흐트러지는 모양이다. 살짝 마취된 듯 흐트러진 마음의 빈틈을 파고들며 강력하게 유혹하는 그 무엇은 실체를 모르면서도 두려움을 갖게 한다. 아마도 실체를 모르기 때문에 더 두려울 것이다. 그 유혹의 너머에 독배가 있지 않을까 하는 두려운 마음.

그런데 미혹을 경계하는 심리는 어디서 온 것일까. 아마도 원시

적 본능에 장착되어 있었을 것이다. 그 위에 교육의 효과까지. 우리는 우리를 두렵게 하거나 위험하게 하는 것들로부터 벗어나려는 원초적 방어심리를 갖고 있다. 문제는 정작 우리를 두렵게 만드는 실체가 무엇이고 우리를 위험에 빠뜨리는 실체가 무엇인지 확실하게 알려고 하지 않는다는 것이다. 유혹의 독배가 두렵다고 외면하면 그 독배에 뭐가 들었는지는 영영 모를 것이다. 심지어 그것이 정말 독배였는지도 모르게 된다. 그러면서 그 독배를 피하려는 조건반사 작용만 타성으로 남아 있게 되는 것이다.

강렬한 일생기를 보여 주기 시작한
그를 조우한 아침에는
강 저편 이들과 합의가 끝난
몸짓을 하고 있다

햇살이 갈라져 들어오는 꽃발花簾 끝마다
세상에게 보내는 신호대로
우아한 산제비나비가 남보라 날개로 서곡을 펼치면
깊은 땅에서 끌어 올린 들큼한 어린 날이
연한 꽃대 복판에 고여 있다

밤낮을 잊지 않고 살아온 꽃으로 보내 놓고
어린 나를 두고 총총히 떠난
그 사람은 그리도 모질었던가

담아 두고 넘치지 못하는 눈물로

해야만 될 말이 떠오를 때까지 기다린 시간을

몸을 살라 흩날려도 잊을 수 없어

꽃마다 머금은 정명精明한 빛

죽어 뼈만 남은 극치의 인연만

잊지 않고 대신 살아가는 정원에

꽃잎 바스러져도 기다리는 것은

그 사람 걸어오는 소리

「꽃무릇(全文)」

  꽃무릇의 꽃말은 참사랑이다. 비슷한 꽃 상사화의 꽃말은 이루어질 수 없는 사랑. 둘은 수선화과에 속하는 유사종이다. 다만 상사화는 잎이 지고 나면 꽃을 피우고 꽃무릇은 그 반대다. 꽃과 잎이 함께 하지 못하는 수선화과의 꽃인데 꽃말은 정반대다. 참사랑과 이루어질 수 없는 사랑. 하지만 이 두 개의 꽃말은 달라 보이지만 그 뿌리는 같다. 꽃무릇과 상사화가 같은 수선화과인 것처럼.

  시쳇말로 "첫사랑은 이루어지지 않는다."라는 말이 있다. 첫사랑만큼 진지하고 참된 사랑이 있을까. 그 누구도 첫사랑의 순수함을 부인하지는 못할 것이다. 그러나 '첫사랑'은 이루어지지 않는다는 세간의 말은 의미심장하다. 대부분의 첫사랑은 아직 순수한 마음, 때 묻지 않은 마음의 거울에 스스로가 비춰낸 환상이기 때문이다. 순수하고 진지하지만 현대인의 사랑은 그리 단순하지 않다. 단순

하지 않다는 말을 바꿔서 하면 순수하지 않다는 뜻도 된다. 필요에 따라 계산된 방식으로 만나고 헤어진다. 이해타산에 민감한 현대인들에게 '순수한 사랑'이란 외계인의 언어에 불과하다.

　인용된 시 꽃무릇도 그런 의미로 서술되고 있다. 다만 여기서는 인간의 관점이 아니라 자연의 시점에 따라 이해관계가 형성되고 냉정하게 진행되며 잎과 꽃은 순수한 애정의 관계가 아니라 자연에서 살아남기 위한 처절한 몸짓으로 진행된다.

　　"어린 나를 두고 총총히 떠난/ 그 사람은 그리도 모질었던가/ 담아 두고
　　넘치지 못하는 눈물로/ 해야만 될 말이 떠오를 때까지 기다린 시간을."

　당연히 함께해야 할 꽃과 잎이 함께 하지 못하는 상황을 정소란 시인은 순수에 대한 배신으로 규정한다. 그렇다고 내치지는 않는다. 끊임없는 기다림을 희망으로 삼고 '해야 될 말이 떠오를 때까지 기다리는 것'이다. 그러나 무슨 말을 할 것인가. 오로지 기다림만 있을 뿐이다. '기다림' 만큼 한국인의 정서를 대변하는 단어도 찾기 쉽지 않다.

　　"꽃마다 머금은 정명精明한 빛/ 죽어 뼈만 남은 극치의 인연만/ 잊
　　지 않고 대신 살아가는 정원에/ 꽃잎 바스러져도 기다리는 것은/
　　그 사람 걸어오는 소리."

약간 섬뜩하기까지 하다 '죽어 뼈만 남은 극치의 인연' '꽃잎 바스러져도 기다리는 것은' 등의 진술에서 느껴지는 것은 깊은 '한'의 울림이다. 이처럼 정소란 시인은 고전적인 한국적 '한'의 정서를, 꽃이라는 대상의 분석을 통해 현대인들에게 적나라하게 보여주고 있다. 그러나 배경의 고전만 차용했을 뿐이다. 결코 메시지까지 고전적이지는 않다.

고전적인 한국적 정서를 배경으로 했지만, 두 편의 시에 인용된 꽃들은 모두 강한 독성을 숨기고 있다. 그것은 사용하든 사용하지 않든 위협적으로 작용한다. 독은 누군가를 해할 수 있다. 직접 누군가를 해하지 않더라도 독이 있다는 것만으로, 혹은 독이 있다는 것을 상대에게 알리는 것만으로도 위협이 된다.

고전적 한국인의 한은 기다리고 기다리다가 망부석의 전설이 되는 것으로 끝난다. 그러나 정소란 시인은 꽃이 숨기고 있는 독이라는 강력한 무기를 은연중에 드러내면서 기다리다가 곱다시 망부석이 되지는 않을 것이라고 경고하고 있다. 말로는 '꽃잎 바스라'질 때까지 '기다린다'고 하지만 독이라는 무기를 은근히 장착하고 있음을 보여줌으로써 고전처럼 호락호락하지는 않을 것을 암시하는 것이다. 실제로 꽃무릇이 가진 다양한 알칼로이드 성분은 약으로도 사용하지만, 그냥 복용하면 중추신경 마비로 사망에 이를 수가 있는 무서운 독이다.

벌써 오신 줄 알았는데
마음보다 늦었어요

먼저 걸어가던 길 끝에서
기다리는 줄 알았는데
너무 급한 당신은 돌아갔나 봅니다

숨 쉴 때마다 번져오는
그리운 시간들이
모퉁이 돌기도 전에
저만 벌써 새봄인 듯
수줍게 시작하는
발끝을 세웠어요

등이 길어 굽은 당신은
햇살 터지는 풀숲에서
콧등에 주름지게 바라만 보네요

산란하여 터지는 봄의 속살이
품어 아끼는 당신인 것 같아서
초유初乳에 적신 입술
망설이는 당신에게 내밀어보아요
「개나리자스민(全文)」

개나리자스민 역시 강한 독성을 가지고 있다. 꿀조차도 독을 가진다. 밝고 화사한 노란색으로 피는 꽃에 유혹당해서 입이라도 맞추고 싶다면 자신의 모든 것을 걸어야 할지도 모른다. 깊숙이 숨겨둔 달콤한 꿀이 혀에 닿는 순간 혀는 마비되고 목숨은 보장받지 못한다. 알면서도 누군가는 그 달콤한 사랑의 꿀을 탐할 것이다. 아타나엘은 강한 독성을 가진 줄 알면서도 타이스에게 다가갔다. 그것이 인간 욕망의 본질이다. 그에 비하면 사랑을 위해 왕위를 던진 영국 왕 에드워드 8세의 행위는 어쩌면 지극히 평범한 행위였는지도 모른다. 왕관쯤이야 목숨보다는 가볍지 않은가.

"산란하여 터지는 봄의 속살이/ 품어 아끼는 당신인 것 같아서/

초유初乳에 적신 입술/ 망설이는 당신에게 내밀어보아요."

'등이 길어 굽은 당신'은 아마도 개나리자스민이 나무를 타고 올라가는 덩굴식물이라서 나온 표현일 것이다. 실내에서는 주로 화분을 높이 걸어 키운다. 덩굴을 아래로 늘어뜨리면 노랗게 매혹적인 꽃을 피우는 캐롤라이나자스민은 개나리를 닮았지만, 그 자태나 나팔 모양의 자욱한 꽃은 화초를 키우는 사람이 아니라도 한눈에 반할 정도다. 오죽하면 시인은 '봄'이 '품어 아끼는' 꽃이라고 극찬했을까? 그래서 사랑에 빠진 상대는 개나리자스민의 덩굴을 따라, 아니 정소란 시인의 관능적 진술을 따라 '초유에 적신 입술/ 망설이는 당신에게' '내민다.' 죽음에 이를지라도 말이다.

정소란 시인의 살짝 퇴폐적 쾌락주의를 가장한 언어로 파고드는 집요한 인간 욕망의 탐구는, 꽃잎 뒤에 숨긴 맹독의 독배처럼 인간의 도덕주의 뒤에 숨은 본능의 짜릿한 독침을 찾아내어 까발린다. 결국에는 자기 심장을 찌르고야 말 독침을.

나는 꽃이라는데
땅으로부터 시작되는 악기이고 싶었던
변주를 거듭하던 전생이 있었지

비벼댈수록 두꺼워지는 날개의 겹이
벗어나지 못한 연한 나비의 속살인지를
선명한 이름을 써넣다가 알게 되는
긴 밤
굼뜬 몸을 뒤척인 후에야
풍긴 향유 속에도
미생의 물질들이 녹아 있음을
꽃이라는 나는 왜
비천한 미각에 소름이 돋는지

관악의 깊은 골에서
간간이 멀어지는 이명耳鳴
흔들리는 단말마斷末魔를 연주하다
홀연히 지고 마는 꽃이라는데
「네펜데스(全文)」

결국 인간 욕망의 끝은 네펜데스에 귀착되는 모양이다. 네펜데스는 벌레잡이통풀에 속하는 식충식물이다. 지금은 네펜데스 동호회까지 생겼다지만 언제 봐도 네펜데스는 음흉스럽고 으스스한 분위기다. 실용적으로 따지면 통속의 소화액으로 벌레들을 잡아 녹여서 먹으니, 인간에겐 이로운 식물이겠지만 느낌은 그렇지 않다. 무엇보다 함정으로 다른 생명을 유혹해서 빠뜨린 다음 고통스럽게 녹여서 분해하고 그 자양분으로 자신의 욕구를 채운다는 일련의 과정이 그렇다.

"꽃이라는 나는 왜/ 비천한 미각에 소름이 돋는지"

바로 이것이 인간 욕망의 속성일 것이다. '비천한 미각' 스스로에게 '소름 돋는' 그리고 끝내는 비천한 욕망의 끝을 향해 몸을 던져 따라가다가 '흔들리는 단말마'로 마무리되는 그런 것. '꽃과 독'은 인간 욕망의 그런 관계를 여지없이 보여준다.

정소란 시인의 시에서 실용성을 따지는 것은 무의미해 보인다. 그런 만큼 전체적으로 시에서 탐미주의의 흔적을 볼 수 있다. 부정적인 의미에서 한 말이 절대 아니다. 욕망은 인간의 진화를 촉진하지만 과하면 인간을 나락으로 밀어 넣는다. 그러나 욕망이 없으면 인간은 한 발짝도 앞으로 나가지 못한다. 다만 욕망이 선순환하면 인간은 한 걸음씩 진보하겠지만 그 반대라면 쾌락주의의 함정으로 굴러떨어질 것이다. 그러므로 인간에게 가장 필요하면서도 위험한 조건이 욕망이다. 이것을 어떻게 다스려야 옳을지에 대한 논쟁은 늘 있었다. 예술은 도덕적이어야 하나 자율적이어야 하나, 하는 묵은 논쟁부터가 그렇다.

칸트는, 예술에 대해 목적을 지니지 않은 '자유로운 예술'을 『판단력 비판』에서 주장했다. 유미주의의 바탕을 제공한 것이다. "유미주의(탐미주의)는 생에 대한 수동적·체념적·관조적 태도라든가 쾌락적 감각주의, 또는 모순적이고 적대적인 현실로부터 미적 현상세계로 도피하려는 생각에서 연유한 까닭에, 종종 반사회적·비정치적 허무주의로 귀착하기도 한다."라는 것이다. 이 사상은 오랫동안 예술계의 논쟁이었다. 결국 따지고 올라가면 탐미주의의 경향은 헬레니즘으로까지 가 닿게 될 것이다.

물론 톨스토이는 도덕성이 동반되지 않는다면 그것은 예술적 가치가 없다고 혹독하게 잘라 말했다. 그러나 현대 예술의 경향에서 본다면 톨스토이는 칸트에게 완패했다. 현대 예술은 쾌락적 감각주의에서 이미 풍성한 열매를 맺고 있으며, 도덕성이나 실용성 따위의 규율에 얽매이지 않는 자율적 개성만이 살아남는 시대이기 때문이다.

네 관冠은 높고 두툼하다
무사의 정령이 분명한 너는
어린아이가 아니구나

그 찬란한 볏이여
너에게 예를 갖추도록 일렀으니

어서 서언序言을 열어
성서로운 모습을 선포하여라

꽃시울 붉게
한여름 지나 가을이 끝날 때까지
진하게 피다 지는 몰락한 가문의
어린 화목란이여
모촉이 움켜쥔 갈라진 흙을 보니
더욱 아이가 아니다

흙바람이 일어도 곧게 선 볏
태양이 적신 이글대는 지문에
소리 없는 이슬도
깊은 뿌리까지 스몄으니

너는 결코 붉게 울어도
야만스럽지 않은 파열이니
누군가 너의 앞에 멈추어 서도
볏을 세우고 몸을 곧게 하여라
「맨드라미(舍 文)」

맨드라미. 당당한 모습이다. 정소란 시인은 시집 원고를 보내면
서 이 꽃에 개인적 생각을 달았다. "용맹한 대궁과 색의 강렬함,

그리고 두툼하고 강한 꽃의 이미지에서 마치 높은 가문의 여무사 모습을 느꼈다."라고. 정소란 시인이 닿고자 하는 궁극의 지점은 바로 여기쯤이 아닐까.

어차피 삶이란 유혹하거나 유혹당하거나 그사이에 있다. 혹자는 스스로 유혹의 미몽 속으로 걸어 들어가기도 한다. 주위 만류에도 불구하고 강한 중독성을 지닌 타이스에게 스스로 다가가서 그 독성에 마취되었던 아타나엘처럼.

문제는 그 사실을 알지만 도취되느냐, 알면서 자존을 지키느냐다. 그것은 각자의 판단에 따르면 되는 것이다. 독을 마시고 망가지든 독으로 치료제를 만들든 오로지 개인의 몫이다. 인생은 달콤한 유혹과 쓰디쓴 독배, 미혹과 냉정 사이에서 균형 잡는 일이다. 분명한 것은, 빙벽 같은 냉정만으로는 살 수 없다는 것. 그것은 인간의 삶이 아니라 수도사의 삶이다.

이 시집에서 정소란 시인이 말하고 싶었던 것은 아마도 무수한 유혹과 독배 사이를 피해 가지 않고 당당하게 맞서라는 것이 아닐까 싶다. 그리고 모르는 채 지나치기보다는 부딪쳐서 맛보고 온몸으로 느낀 뒤 당당하게 넘어서라고 말하는 것도 같다. 마지막 시로 인용한 맨드라미와 그 생각에서 그것을 느낄 수 있었다.

아타나엘은 타락했지만 타이스는 거꾸로 성녀로 추앙받는 경지에 이르렀다. 오페라는 거기까지다. 만약 아타나엘이 미혹을 극복하고 수도원으로 돌아갔다면 거부할 수 없는 욕망을 경험하지 못한 수도사들보다 훨씬 깊이 있는 수도사가 되었을 것은 분명하다. 타이스가 그렇게 되었으니까. 이것이 미혹의 실체가 아닐까. 흐트러져본 뒤 그다음 넘어서는 것.

이번 시집을 통해 정소란 시인은 고전과 현대의 정서적 양면을 오가며 삶의 방식을 어떻게 결정하는 것이 좋을지 고민하는 모습을, 자기 삶의 방식과 생각의 형식을 담아 독특한 문법으로 풀어서 보여준다. 물론 이는 살아가는 모든 이들의 고민이기도 하다. 독자가 그로부터 무엇을 얻을지는 전적으로 독자 자신의 관점에서 생각해 볼 일이다. 어차피 시인은 삶에서 발생하는 문제에 해답을 주는 사람이 아니다. 다만 문제를 제기하고 한두 가지 팁을 제공할 뿐. 그래도 이런 커닝페이퍼가 하나 더 해진다면 인생의 다양한 문제들을 해결하기가 한결 수월해질 것은 분명하다.

김홍섭(소설가 문학평론가)

펴 낸 날   2025년 11월 27일

지 은 이   정소란
펴 낸 이   이기성
기획편집   권희연, 서해주, 최인용
표지디자인   농재김이돈
책임마케팅   이수영, 김정훈
펴 낸 곳   도서출판 생각나눔
출판등록   제 2018-000288호
주   소   경기도 고양시 덕양구 청초로 66, 덕은리버워크 B동 1708, 1709호
전   화   02-325-5100
팩   스   02-325-5101
이 메 일   bookmain@think-book.com

• 책값은 표지 뒷면에 표기되어 있습니다.
  ISBN   979-11-7048-946-7(03810)